Private Peaceful

兵士ピースフル

マイケル・モーパーゴ
Michael Morpurgo
佐藤見果夢 訳
Mikamu Sato

評論社

本書の題名は、イーペルの墓石に刻まれた兵士の名前から着想を得ました。
けれども、物語自体は私《わたし》の創作です。
作品中に登場する実在の人物（生死を問わず）、実際の地域、歴史上の出来事は、
物語の構成上必要な文化的・歴史的背景として触《ふ》れました。
それ以外の人名やその特徴《とくちょう》、地名、出来事などはすべて、
作者の想像上の産物です。
従って、もしも実在の人物（生死を問わず）との類似があったとしても、
それは偶然《ぐうぜん》であることをお断りしておきます。——著者

イーペルにある「フランダース戦場博物館」学芸員
ピート・チレンス氏に感謝します。

本書に関連する地図（国名、国境は現在のものです）

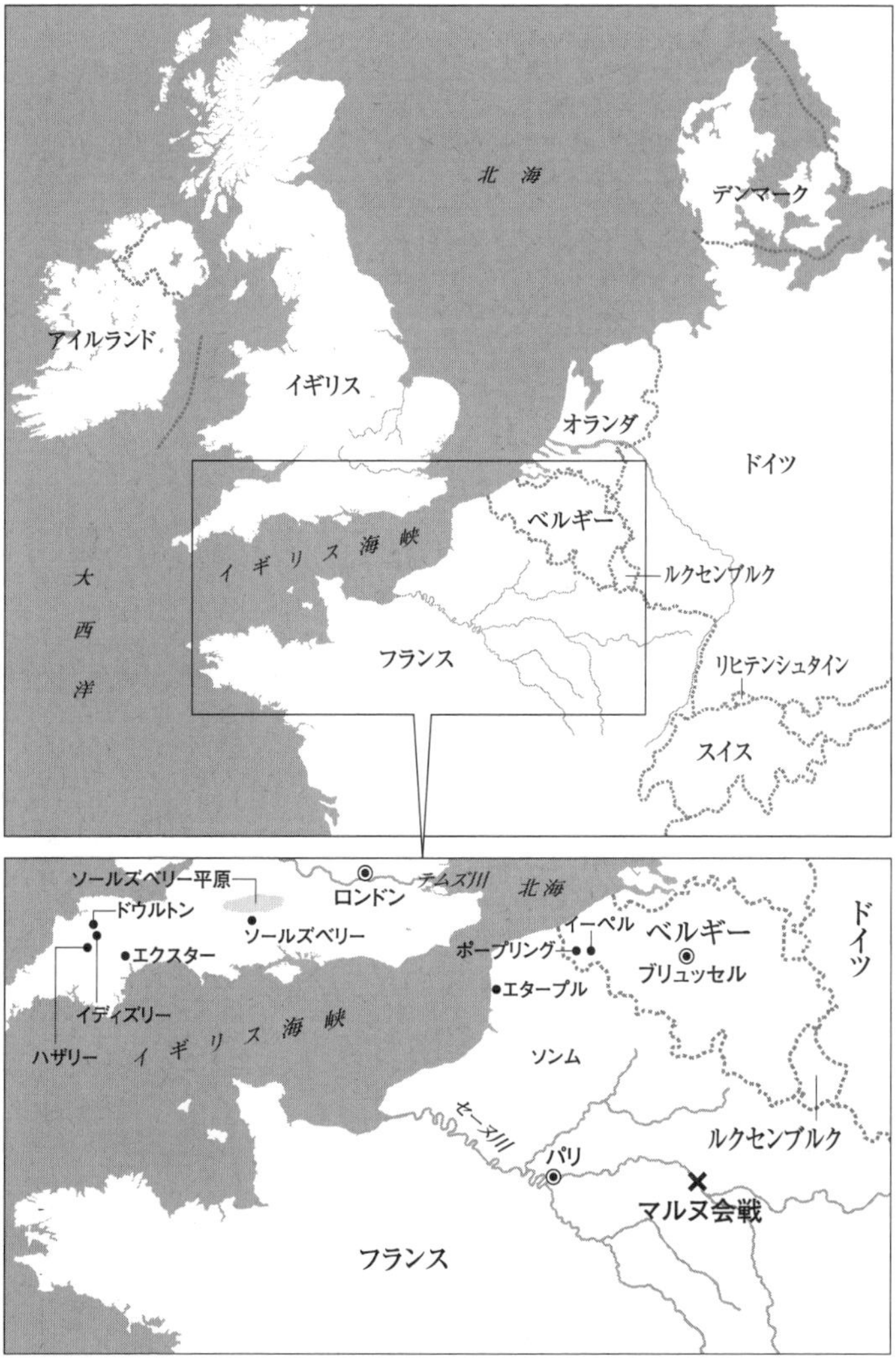

兵士ピースフル

親愛なる名づけ親
メアリー・ニヴンに

装画　板垣しゅん
ハーパーコリンズ社
装幀　川島　進(スタジオギブ)

午後十時五分

みんな行ってしまった。とうとう独り。これから朝までの時間は自分だけのもの。一瞬《いっしゅん》も無駄《むだ》にしたくない。眠《ねむ》って終わりにはしない。夢を見て終えることもしない。そんなこと、できるものか。この一秒一秒は、とてつもなく大事な宝だから。

どんなに些細《ささい》なことも思い出しておきたい。起こったことを、起こったとおりに。生まれてから十八年近いあいだ過ごしてきた昨日と明日。今夜は、その一日一日をできるだけ詳《くわ》しく思い起こし、記憶《きおく》に刻んでおかなくてはならない。夜が、一生と同じだけ長く続いてくれればいいと思う。切れぎれに飛んでは消える夢に追われて夜明けを迎《むか》えることがないように。

今夜は自分の命を感じていたい。これまでのどんな夜にも増して。

チャーリーが手をつないでくれている。行きたくないのがわかるんだ。初めてつけたカラーのせいで息が苦しい。慣れない編上靴《あみあげぐつ》が重い。行き先を思うと心も重い。学校がどんなにひどいところか、チャーリーからさんざん聞かされている。マニングズ先生が怒《おこ》ったときのすさまじさも、笞《むち》代わりの長い杖《つえ》が教卓《きょうたく》の上の壁《かべ》にかけてあることも。

ジョー兄ちゃんは学校に行かなくていい。そんなの不公平だと思う。ぼくよりずっと大きくてチャーリーよりも大きいくせに、学校に行ったことがない。いつも母さんと家にいる。お気に入りの木に登って腰《こし》かけ、「オレンジとレモン」（マザーグースの遊び歌のひとつ。軽快なメロディーで、教会の鐘《かね》同士のやりとりをユーモラスに歌う。141ページの歌詞参照）を歌っては笑っている。ジョー兄ちゃんはいつも楽しそうだし、いつも笑っている。ぼくだって、あんなふうに笑っていたいさ。ぼくだって、家にいたい。チャーリーと一緒《いっしょ》に行くのはいやだ。学校になんか行きたくない。

救いを求めて振《ふ》り返って見る。母さんが追いかけてきて、連れて帰ってくれないかな。だめだ。母さんは来ない、来ない。それどころか、一歩一歩、学校とマニングズ先生と笞が近づいてくる。

「おんぶしようか？」と、チャーリー。

目の涙《なみだ》を見てぼくの気持ちがわかったんだ。チャーリーはどんなときでも、ぼくの気持ちがわかる。三つ年上だから何でもできるし、何でも知っている。力が強いから、おんぶぐらいへっちゃらだ。ぼくはチャーリーの背中によじのぼり、しがみついた。目をつぶって、必死で泣き声をこらえる。

けれど、我慢《がまん》できたのはほんの一瞬《いっしゅん》だけだった。だって今朝は、母さんが言うような「新しいことが始まる、わくわくするような朝」なんかじゃない。その反対で、幼い日々に終わりを告げる朝だと知っていたから。ぼくは、チャーリーの背中にかじりついたまま、気楽な子ども時代が今まさに終わろうとしているのを直感していた。午後、家に帰ったときには、ぼくはもう別人になっているだろう。

目を開けると、柵《さく》にひっかかったカラスの死骸《しがい》が見えた。くちばしを開いたままでぶらさがっている。撃《う》たれたんだな。鳴いている最中に撃たれたのだろうか？　それとも、しわがれ声をあげて鳴きだしたところだったのか？　カラスの死骸は風にゆれている。死んでもなお、羽毛が風をとらえている。死んだカラスの家族や仲間が、頭上にそびえるニレの木から、悲しみと怒《いか》りのまじった声を張りあげている。ぼくは同情などしない。ぼくのコマドリを巣から追いはらって卵を取ったのは、あいつかもしれないから。

ぼくの卵。五つあったんだ。さわると温かくて、生命力を感じた。ぼくは、ひとつずつ順番につまみあげ、手のひらにのせてながめた。チャーリーがしたように中身を吹《ふ》き出して、コレクションに加えようと思っていた。ブリキ缶《かん》に綿を敷《し》いて、斑点《はんてん》のあるクロウタドリの卵や、まだらもようのハトの卵と並べるつもりだった。ぼくは、あの卵を持って帰ろうとしたんだ。でも、何かがぼくを引き止め、ためらわせた。母コマドリが、ぼくの父さんのバラの茂《しげ》みのかげからこっちを見ていた。きらきらした真っ黒な目、まばたきもしない目が訴《うった》えかける。

父さんが、あの母コマドリの目の中にいた。あのバラの茂みの下、しめった暖かい土の中深くには、父さんの大事なものが全部埋《う》めてある。あのとき、まず母さんがパイプを入れた。次にチャーリーが父さんの作業靴《ぐつ》を並べて置くと、左右の靴は眠《ねむ》りこんだように寄りかかり合った。ジョー兄ちゃんが膝《ひざ》をついて、その靴に父さんのマフラーをかぶせた。

「トモ、あなたの番よ」

母さんに言われても、身動きができなかった。ぼくが握《にぎ》りしめていたのは、父さんが死んだ朝に身につけていた手袋《てぶくろ》。その片方をぼくが拾ったのを覚えている。ぼくは知っている。誰《だれ》も知らないことを。絶対に誰にも言えないことを。

結局、母さんが手をそえてくれて、一緒《いっしょ》に父さんの手袋をマフラーの上に置いた。手のひらを上に、両方の親指の部分をくっつけて。あの手袋が、やめろと言っているようだった。考えなおせ、卵を持って行くな、おまえのものじゃないだろうと。だから、やめたんだ。その代わりに巣を見守ることにした。卵がかえると、骨ばった雛《ひな》たちが我先に餌《えさ》をもらおうとして大口を開け、狂《くる》ったような大騒《おおさわ》ぎをするのを見ていた。

あの朝も寝室《しんしつ》の窓から巣のほうを見たのだが、時すでに遅《おそ》く、襲撃《しゅうげき》された直後だった。クワックワッと鳴き交わしながら空へと引きあげる略奪《りゃくだつ》カラスども、その乱暴狼藉《ろうぜき》の跡《あと》を、ぼくはただうろたえ、呆然《ぼうぜん》としてながめるよりほかなかった。親コマドリたちも同じだった。カラスは大嫌《だいきら》いだ。好きになれない。あの柵《さく》にぶらさがっているカラスだって、きっと罰《ばち》が当たったんだ。ぼくはそう思う。

チャーリーは村へ入る上り坂に手こずっている。教会の塔《とう》が見える。その下にあるのが学校の屋根。怖《こわ》くて口の中がからからだ。ぼくはチャーリーにぎゅっとしがみつく。

「初日は辛《つら》いけどね、トモ。あとはたいしたことないさ。ほんとだよ」

チャーリーが、息を切らせて言う。チャーリーが「ほんとだよ」って言うときは、本当は違《ちが》うということだ。

「ともかく、おれが面倒《めんどう》みるよ」

それは信じていい。なぜなら、いつもそうだから。今もぼくを背中からおろし、校庭にあふれる生徒たちがやかましく冷やかす中を、肩《かた》を抱《だ》いて歩いてくれている。ぼくを励《はげ》まし、守りながら。

ベルが鳴ると、生徒たちは黙《だま》って並び、二十人ばかりの列を二つ作った。日曜学校で知っている顔がいくつかある。見まわしても、もうチャーリーはそばにいなかった。チャーリーは向こうの列から、こっちにウィンクしている。お返しに両目をつぶって見せると、チャーリーが笑った。ぼくはまだ、片目のウィンクができない。チャーリーはいつも、それをおもしろがって笑うんだ。

やがて、校舎の入り口に立つマニングズ先生の姿が見えた。急に静まり返った校庭に、先生が手の指の関節を鳴らす音がひびく。たるんだ頬《ほお》、チョッキからはみ出た大きなお腹《なか》。ふたを開けた金時計を手に持っている。ぞっとする恐《おそ》ろしい目が、このぼくを見つけ出した。

「ははん！」

大声とともに先生がぼくを指差すと、全校生徒がこちらを振《ふ》り向いた。

「新しい生徒だな。新しい悩《なや》みのたねだ。ピースフルは一人でたくさんだろうが、えっ？　何の因果《いんが》でもう一人背負《しょ》いこまなきゃならんのかね？　まずはチャーリー・ピースフル。お次はトーマス・ピースフル。この苦しみに終わりはないのか？　覚えとけよ、トーマス・ピースフル。ここでは、この私《わたし》がおまえの指導者であり、主人だ。指示したことを、指示したときに、すみやかに行うこと。ごまかしと嘘《うそ》は厳禁。言葉づかいに注意せよ。裸足《はだし》で登校するな。手を洗え。以上がここで守るべき決まり事だ。どうだ、わかったか？」

「はい、先生」

ぼくは消え入るような声で答えたが、声が出せたこと自体が驚《おどろ》きだった。

生徒は全員両手を後ろに組んで、列ごとに校舎に入る。二つの列が分かれるときに、チャーリーが笑いかけてくれた。ぼくは〝ティドラー（「雑魚《ざこ》」「小物」の意）・クラス〟、チャーリーは〝ビッグガン（「大物」の意）・クラス〟。ぼくは、ティドラーの中でも最年少だった。ビッグガンの大部分はチャーリーより年上で、十四歳《さい》の生徒も何人かいた。教室の戸が閉まるまでチャーリーの姿を見ていたが、やがて行ってしまった。その瞬間《しゅんかん》初めて、自分が独りぼっちになったことを痛感した。

靴《くつ》のひもがほどけている。ぼくには結べない。チャーリーは結べるけれど、チャーリーはここにいない。となりの教室で出席をとるマニングズ先生の、雷《かみなり》のような怒鳴《どな》り声がひびいてくる。ぼくらの先生はマカリスター先生。女の先生でよかった。言葉に妙《みょう》な訛《なま》りがあるけれど、少なくとも笑顔を見せてくれるし、ともかくマニングズ先生ではない。

「トーマス、あなたはモリーのとなりの席に座りなさい。靴ひもがとけていますよ」

席に着くまで、全員にくすくす笑われているような気がした。走って逃《に》げ出したかったが、できなかった。できたのは、ただ泣くことだけ。涙《なみだ》を見られないように、うつむいた。

「泣いていても、靴ひもは結べませんよ」マカリスター先生が言った。

「先生、できません」

「できませんという言葉はこの教室では使わないこと、トーマス・ピースフル。あなたには靴《くつ》ひもの結び方から教えないといけないようね。学校はそのためにあるのです、トーマス、学ぶために。だからみんなは学校へ来るの、そうでしょう？　モリー、やってみせてあげて。モリーはこのクラスで一番お姉さんよ。そして優等生。モリーがあなたに手を貸してくれるわ」

それで、先生が出席をとっているあいだに、モリーはぼくの前に膝《ひざ》をついて靴ひもを結びなおしてくれた。モリーの結び方はチャーリーと違《ちが》って、ゆっくり、ていねいで、大きな蝶結《ちょうむす》びだ。靴ひもを結びながら、一度もぼくの顔を見ない。こっちを向いてくれればいいのに。

モリーの髪《かみ》の毛はビリーボーイと同じ色をしている。ビリーボーイは父さんがずっと飼っていた馬だ。つやつやした栗《くり》色。手を伸《の》ばしてさわりたい――ちょうどそう思ったとき、モリーがぼくの顔を見上げて、にこっと笑った。それで充分《じゅうぶん》だった。家に走って帰りたい気持ちが、急に消えた。ぼくはモリーと一緒《いっしょ》にここにいよう。友達ができたんだ。

休み時間の校庭で、ぼくは、モリーに話しかけたくてうずうずしていた。それなのにモリーは、くすくす笑ってばかりの女子たちの輪の中にいて、とても無理だった。女子は、代わるがわるぼくのほうを振《ふ》り向いては笑っている。チャーリーを探してみると、友達とトチの実割りをして遊んでいた。全員ビッグガン・クラスだ。

ぼくは古い木の切り株に腰《こし》かけて、靴ひもをほどき、モリーのやりかたを思い出しながら結びなおしてみた。結んではほどき、何度も繰《く》り返した。そのうちに、できるようになっていた。ぶかっこうで、ゆるいけど、ちゃんと結べた。何よりうれしかったのは、校庭の向こうのモリーが、ぼくが結べたのを見て笑いかけてくれたことだった。

家では教会に行くとき以外、編上靴《あみあげぐつ》をはかない。もちろん母さんはいつもはいているし、父さんも底に鋲《びょう》を打った大きな作業靴をはいていた。死んだときにはいていた作業靴だ。

あの、木が倒《たお》れたとき、ぼくは父さんと一緒に森にいた。父さんと二人きりだった。学校に行くようになる前、父さんはよく、ぼくを仕事に連れていってくれた。「おいたをするといけないから」と言って。ビリーボーイに二人乗りをして行く。ぼくは父さんの腰につかまり、父さんの背中に顔をくっつけていた。ビリーボーイが駆《か》け足で走るときが大好きだった。あの朝は、ずっと駆け足だった。丘《おか》を上がり、フォードの森を上がり。父さんに馬からおろしてもらったときも、うれしくてまだ笑っていた。

「さあ、いたずら坊主《ぼうず》、楽しく遊んでおいで」

言われるまでもなかった。アナグマやキツネの穴をのぞき、鹿《しか》の足跡《あしあと》らしいものをたどり、花を摘《つ》み、チョウを追いかけて楽しく遊べるから。だけどあの朝は、ネズミを見つけたんだ。死んだネズミ。だから枯《か》れ葉の山に埋《う》めた。それから木の十字架《じゅうじか》を作っていた。

父さんは近くで木を切っていた。規則正しい音をたてて。いつもどおり一振りごとに声をあげて。はじめは、父さんの声がちょっと大きくなったと思った。そんな気がしたんだ。でも、不思議なことに、その声は父さんがいるほうじゃなく、木の上のどこか高いところから聞こえたようだった。

見上げると、頭上の大木がゆれている――ほかの木はじっと立っているのに。その木だけがきしんでいる――ほかの木はしんと静かなのに。ようやく気がついた。あの木はこっちに倒《たお》れてきている。倒れるのはぼくの真上だ。ぼくはつぶれて死ぬ。どうすることもできない。ぼくはただ突《つ》っ立って、木を見つめていた。ゆっくり倒れかかる大木に催眠術《さいみんじゅつ》をかけられたかのように、足が凍《こお》りつき、身動きができなかった。

父さんの叫《さけ》ぶ声が聞こえる。「トモ！　トモ！　走れ、トモ！」

ぼくは走れない。父さんが木のあいだをぬって飛んでくるのが見える。シャツがはためいている。父さんはぼくをかかえると、そのままわきに投げ出した。小麦の束《たば》を投げるように。雷《かみなり》のような轟《とどろ》きが耳にひびきわたり、そして何も聞こえなくなった。

気がついたとたん、父さんを見た。父さんの靴《くつ》の底が見える。すりへった鋲《びょう》。父さんが倒れているところまで、這《は》っていく。父さんは葉の茂《しげ》った大木の下敷《したじ》きになって、地面に倒れている。あおむけになり、向こう側に顔をそむけて。ぼくのことを見たくないとでもいうように。片手がこっちに伸《の》びている。手袋《てぶくろ》が脱《ぬ》げ落ち、指がぼくを差している。鼻から流れる血が落ち葉の上にしたたり落ちている。見開いた目に、ぼくが見えていないのがわかった。

父さんは息をしていなかった。大声で呼んでも、体をゆすっても、起きてくれなかった。ぼくは手袋の片っぽを拾い上げた。


教会では一番前の席に並んで座った。母さん、ジョー兄ちゃん、チャーリー、ぼく。ぼくらが一番前の席に座るなんてことは、それまで一度もなかった。そこは大佐《たいさ》一家の席だから。棺《ひつぎ》は台の上に安置されている。晴れ着を着た父さんがその中に横たわっている。

ツバメが一羽舞《ま》いこんで、参列者の頭の上を飛んだ。お祈《いの》りのあいだも賛美歌のあいだも、窓から窓へ、鐘楼《しょうろう》から祭壇《さいだん》へ、出口を探して飛びまわっていた。ぼくにはピンときた。あれは父さんだ。逃《に》げようとしている。父さんはいつも、生まれ変わったら鳥になりたいと言っていた。どこへでも行きたいところに自由に飛んでいけるからと。

ジョー兄ちゃんは、飛びまわるツバメをずっと指差していた。そのうち、急に立ち上がったかと思うと、後ろへ行って出入り口の戸を開けた。そして席にもどると、してきたことを大きな声で母さんに報告した。すると、となりの席に腰《こし》かけた、黒いボンネット帽子《ぼうし》のオオカミばあちゃんが、怖《こわ》い顔をしてジョー兄ちゃんをにらみつけ、ぼくら家族をにらんだ。それまでわからなかったことに、あのとき初めて気がついた。オオカミばあちゃんは、ぼくらと親戚《しんせき》なのが恥《は》ずかしいんだと。その理由までわかったのは、それからずいぶんあと、ぼくが大きくなってからだったが。

ツバメは、父さんの棺《ひつぎ》のずっと上の垂木《たるき》にとまった。やがて飛び立つと、教会の通廊《つうろう》をすいすいと舞《ま》い上がり、また舞い降りては飛びまわっていたが、開け放った戸をようやく見つけて外へ飛んでいった。それを見てぼくは、これで父さんは生まれ変わっても幸せでいられると思った。ジョー兄ちゃんが大声で笑うと、母さんがジョー兄ちゃんの手を握《にぎ》り、チャーリーとぼくは目を合わせた。あのとき、ぼくら四人はまったく同じことを考えていた。

大佐《たいさ》が説経壇《せっきょうだん》に上がり、上着の襟《えり》をつかみながら話し始めた。

「ジェイムズ・ピースフルは善人であり、自分が知りうるかぎり、最も素晴らしい雇《やと》い人でありました。彼《かれ》こそはまさに地の塩であり、世の手本ともいうべき人間で、仕事にあたっては常に快活そのものでありました。ピースフル家はその技術により、五代にわたって自分の家に雇われてきました。ジェイムズ・ピースフルは、森林労働者として三十年勤め続け、一度たりとも仕事を遅《おく》らせたことがない。彼こそはまさに一家の誉《ほま》れ、村の誉れであります」

沈痛《ちんつう》な面持ちで続ける大佐の言葉を聞きながら、ぼくは、父さんが言っていた大佐の悪口を思い出していた。「いやなじじいだ」、「いかさまじじい」——ほかにもまだある。すると母さんは、いつもこう言った。どんなに「いやなじじい」で「いかさまじじい」であろうとも、父さんに給料をはらってくれて、家族が暮らす家を貸してくれているのは大佐なんだから、うちの子どもたちは大佐に敬意をはらわなければいけない。自分たちのためを考えるなら、大佐に会ったら、にこやかに、額《ひたい》に手をあてて礼儀《れいぎ》正しくあいさつなさいと。

大佐の話が終わると、お墓のまわりに集まった。父さんは少しずつ墓穴に下ろされた。そのあいだじゅう、牧師さんが語り続けている。ぼくは父さんに鳥の声を聞かせてあげたかった。棺に土がかけられて何も聞こえなくなる前に。父さんはヒバリが好きで、ヒバリが高く舞い上がるところを見ているのが好きだった。高く上がると姿は見えなくなって、さえずりだけが聞こえる。ヒバリがいないかと見まわすと、イチイの木でクロウタドリが鳴いていた。クロウタドリでもいいだろう。

母さんがジョー兄ちゃんの耳にささやいている。父さんは、もう棺の中にはいなくて、空のずっと上の天国に行ったのよ。そう言って母さんは、教会の塔《とう》の上のほうを指差した。きっと父さんは天国で幸せだわ。鳥のように幸せよ。

棺に土をかぶせる音を聞きながら、ぼくらは墓地をあとにした。並んで小道を歩いて帰るとき、ジョー兄ちゃんはジギタリスとスイカズラの花を両手にあふれるほど摘《つ》んで、母さんにあげた。もう誰《だれ》も涙《なみだ》を流しておらず、誰も何も言わなかった。とくにぼくは。恐《おそ》ろしい秘密を胸の内に隠《かく》していたから。決して誰にも言えない秘密。チャーリーにさえ言えない。父さんは、あの朝フォードの森で死ななくてもよかった。ぼくを助けようとしたせいだ。ぼくが自分で逃《に》げていれば、走って逃げていれば、父さんが死んで棺《ひつぎ》に入ることはなかったのに。

母さんがぼくの頭をなでて、ジョー兄ちゃんが母さんにジギタリスの花をもう一本差し出した。そのあいだ、ぼくにはひとつのことしか考えられなかった。

ぼくのせいだ。ぼくが父さんを殺した。

午後十時四十分

何も食べたくない。シチューとジャガイモ、固いパン。シチューは好物だが、今は食べる気がしない。パンを一口かじったが、やっぱり食べたくない。今は食べたくない。

オオカミばあちゃんがいなくてよかった。ぼくらが皿に料理を残すのを、あいつはひどく嫌《きら》うから。「残すな、欲張るな」――それが口癖《くちぐせ》だ。オオカミばあちゃん、あんたがどう言おうと、今夜の食事は残す。

ジョー兄ちゃんは、ぼくら全員が食べる分を合わせたよりもたくさん食べる。どんなものでも大好物だ。干しブドウ入りのパンプディング、ジャガイモのパイ、チーズとピクルス、ダンプリングをそえたシチュー。母さんの料理を何でも喜んで口に詰《つ》めこみ、飲み下す。チャーリーとぼくは、母さんが見ていない隙《すき》を狙《ねら》って、自分の嫌《きら》いなものをジョー兄ちゃんのお皿にのせてしまう。ジョー兄ちゃんは、そんな悪ふざけが大好きだったし、余分に食べられるのも大好きだった。ジョー兄ちゃんが食べないものなど、何もなかった。

ぼくらがまだ幼くて考えなしだったころ、チャーリーは、ジョー兄ちゃんがウサギの糞《ふん》も食べると言って賭《か》けをさせ、ぼくが見つけたフクロウの頭蓋骨《ずがいこつ》を巻き上げたことがある。ぼくは食べるはずないと思った。ジョー兄ちゃんだってそれぐらいわかるだろうと。だから、その賭けにのった。チャーリーは、片手いっぱいに拾ったウサギの糞を紙袋《かみぶくろ》に入れ、お菓子《かし》だよとジョー兄ちゃんに言った。ジョー兄ちゃんは、袋からウサギの糞をつまんで口に入れ、食べてしまった。ぼくらが笑うとジョー兄ちゃんも笑って、ひとつずつくれようとした。チャーリーは、それは兄ちゃんだけにあげた特別のプレゼントだから、と断った。あんなものを食べたら吐《は》くんじゃないかと心配したが、ジョー兄ちゃんは平気だった。

ずっと大きくなってから母さんに聞いた話では、ジョー兄ちゃんは生まれてから何日もしないうちに、大きな病気にかかって死にかけたんだそうだ。脳膜炎《のうまくえん》——病院ではそう告げられた。医者は、ジョー兄ちゃんは脳に障害《しょうがい》を負ったため、たとえ命が助かったとしても、何の役にも立たない人間になると言った。しかし、兄ちゃんは生き延びた。そして、完璧《かんぺき》とは言えないまでも、良くなった。

ぼくらは大きくなるうちに、ジョー兄ちゃんがみんなと違《ちが》うことを自然に理解していた。うまく言葉がしゃべれなくても、文字を読んだり書いたりできなくても、ぼくらやほかの人のように考えることができなくても、そんなことは何でもなかった。ジョー兄ちゃんがいるだけでよかった。それでも、面食らうこともある。自分だけの世界に入りこんでしまうときだ。たいていは悪夢のような世界らしい。そんなときのジョー兄ちゃんはとても動揺《どうよう》し、混乱しているようだったから。でも、そのうちにいつもと変わらぬジョー兄ちゃんにもどり、何でも大好き、誰《だれ》のことも大好きなジョー兄ちゃんになる。とくに動物や鳥、花が好きで、どんな人でも信じきって、どんなことでも許してしまう。もらったお菓子が、ウサギの糞だったとわかったときでさえも。

そのことでは、チャーリーとぼくは痛い目にあった。ジョー兄ちゃん本人は、だまされたことに全然気づかなかった。ところが、兄ちゃんは気前がいいから、母さんにもウサギの糞をあげに行ったんだ。母さんは怒《おこ》ったの何の、爆発《ばくはつ》するんじゃないかと思ったぐらいだ。ジョー兄ちゃんの口に指を入れて中のものを掻《か》き出し、うがいをさせた。それから、チャーリーとぼくにウサギの糞をひとつずつ食べさせた。それで、ぼくらも身にしみるだろうと。

「どう？　気持ち悪いでしょう？　悪いことをする子にふさわしいごちそうよ。もう二度とジョー兄ちゃんをだまさないで」

ぼくらは、すまないことをしたと反省した。といっても、長続きはしなかったけれど。あれ以来、誰《だれ》かがウサギの話をするたびにあの事件を思い出して、チャーリーと二人で笑い合った。今だって、考えただけで笑いそうになる。そんな場合じゃないというのに、笑えてくる。

ある意味で、我が家の生活は、いつもジョー兄ちゃんを中心にしてまわっていたようなものだ。たとえば、その人がジョー兄ちゃんに見せる態度次第で人の評価が決まった。単純なこと。ジョー兄ちゃんを嫌《きら》ったり、ぞんざいに扱《あつか》ったり、ばかにしたりする人は、ぼくらも好きになれないというわけだ。近所の人はたいていジョー兄ちゃんに慣れているけれど、中には変な目で見る人がいる。もっと悪いのは、ジョー兄ちゃんを無視するやつらだ。それが何よりもいやだった。本人は全然気にしないから、ぼくらが代わりに仕返しする。あの、大佐《たいさ》にブーイングを浴びせてやったときのように。

うちでは、大佐を良く言う者が一人もいなかった。もちろん、オオカミばあちゃんは別だ。ばあちゃんは、うちに来ても、大佐の悪口には耳を貸さなかった。父さんとオオカミばあちゃんのあいだで、大佐のことで口論になることもあった。当然ぼくらは、大佐を「いやなじじい」と思って育った。けれど、大佐が実際どんなやつか自分の目で確かめられたのは、ジョー兄ちゃんのおかげだった。

ある日の夕方、チャーリーとジョー兄ちゃんとぼくは、家に帰る道を歩いていた。ぼくらは小川でブラウントラウトを釣《つ》ってきたところだった。ジョー兄ちゃんは三匹《びき》捕《つか》まえた。浅瀬《あさせ》で魚にさわって眠《ねむ》らせ、魚自身が気づかないうちに土手にすくい上げるのだ。ジョー兄ちゃんにはそういう才能がある。魚の気持ちがわかるらしい。でも、魚を殺すことはできなかった。ぼくにもできない。それで、チャーリーがやるしかなかった。

ジョー兄ちゃんは、いつでも誰にでも、大声で「こんにちは」と声をかける。ジョー兄ちゃんはそういう人だ。その日も、大佐が馬に乗ってやってくるのを見て、「こんにちは」と大きな声をあげ、得意そうにトラウトを持ち上げて見せた。ところが大佐は、まるでぼくらの姿など見えないかのように、そのまま通りすぎようとした。それで、チャーリーがすれちがいざま、大佐の背中に向かって、盛大に舌を震《ふる》わせてブーイングをお見舞《みま》いしてやった。すると、悪ふざけが大好きなジョー兄ちゃんが、うれしくなって真似をした。

問題は、ジョー兄ちゃんがすっかり調子に乗ってしまい、いつまでたってもブーイングを続け、やめられなかったことだ。大佐は馬の足をゆるめ、ぞっとするようないやな目つきで見た。一瞬《いっしゅん》、追いかけてくると思った。けれど、そうはしなかった。大佐は笞《むち》をひゅっと打ち鳴らし、「いつか思い知らせてやる、このくそがきども！　思い知らせてやるぞ！」――そう怒鳴《どな》りちらした。

いつも思う。大佐はあのときから、ぼくらを憎《にく》み始めたのかもしれないと。大佐がいろいろな形でぼくらに辛《つら》くあたるようになったのは、あのときからかもしれない。ぼくたちは、家まで駆《か》けどおしで逃《に》げ帰った。それ以来、誰《だれ》かがおならをするか、舌を震《ふる》わせてブーイングをするたびに、いつでも、あの小道で大佐《たいさ》と出会ったことを思い出し、ブーイングでジョー兄ちゃんが笑いだし、いつまでたっても笑っていたのを思い出す。そして、凄《すご》みをきかせた大佐の目つきと笞《むち》の音がよみがえる。あの夕方、ジョー兄ちゃんが大佐に向かってブーイングをしたことが、ぼくらの人生を永遠に変えたのかもしれない。

ぼくが初めて大喧嘩《おおげんか》をしたのも、ジョー兄ちゃんが原因だった。

学校ではしょっちゅう喧嘩があった。ぼくはいつも喧嘩が弱くて、たいていはくちびるを腫《は》らすか、耳を切って血を流すようなことになった。しまいに学んだのは、怪我《けが》をしたくなければ、頭を上げずに下を向き、口答えをしないこと。相手のほうが体が大きい場合には、なおさらだ。けれどもある日、人は時として立ち上がり、正義のために戦わなくてはならないこともあるとわかった。戦いたくなくても。

休み時間だった。ジョー兄ちゃんが、チャーリーとぼくに会いに学校へ来ていた。校門の外に立って、ぼくらを探していた。ぼくがチャーリーと一緒《いっしょ》に学校へ通うようになってから、ジョー兄ちゃんはよく学校の前まで来ていた。ぼくたちが家にいなくて、寂《さび》しかったんだろう。

ぼくは、ジョー兄ちゃんのそばに走っていった。兄ちゃんは興奮して息をはずませ、目を輝《かがや》かせていた。何か見せたいものがあるらしかった。そして、重ね合わせた両手をほんの少し開いて、のぞかせてくれた。手の中でヘビトカゲが体を丸めていた。どこで捕《つか》まえたかはすぐわかる。ジョー兄ちゃんのお気に入りの狩《か》り場、教会の墓地だ。

父さんのお墓に花を供えに行くとき、ジョー兄ちゃんはいつも、自分のコレクションに加える虫や小さな動物を捕まえて歩く。さもなければ、教会の塔《とう》を見上げて立ち、声を張りあげて「オレンジとレモン」の歌を歌いながら、塔のまわりで鳴き交わすツバメをながめていた。そうしていると、この上なく幸せそうだった。

ジョー兄ちゃんは、そのヘビトカゲも、ほかの生き物と一緒に飼おうと考えたんだ。家の薪《まき》小屋の奥《おく》で、トカゲやハリネズミなどいろいろなものを箱に入れて飼っていたから。ぼくは、指でヘビトカゲをなでてやり、かわいいねと言った。実際、かわいかった。やがてジョー兄ちゃんは、鼻歌で「オレンジとレモン」を歌い、ぶらぶらと帰っていった。手の中の愛《いと》しいヘビトカゲに目をやりながら。

それを見送っていると、誰かが肩《かた》をなぐってきた。かなり強く。ばかでかいジミー・パーソンズだった。チャーリーが、あいつには気をつけろとふだんから言っていた。近寄るなと。

「あんぽんたん兄弟、だあれだ？」ジミー・パーソンズは、あざけるように言った。

はじめは、何を言われたのかわからなかった。「なんだって？」

「おまえの兄ちゃん、あんぽんたん。頭が空っぽ、変ちくりん。とんちんかんの素《す》っ頓狂《とんきょう》」

ぼくは、こぶしを振《ふ》り上げ、わめき声をあげながら向かっていった。ところが、一発も命中しない。逆にこっちが顔面にパンチをくらって、倒《たお》れてしまった。気がついたときには、地面に座りこんで鼻血をぬぐい、手の甲《こう》についた血をながめていた。そこへジミーが蹴《け》りを入れてきた。ぼくは身を守ろうとして、ハリネズミのように体を丸めた。だが何の効果もないようだった。ジミーはぼくの背中といわず足といわず、体じゅうを蹴り続けた。

その蹴りが急に止まったので、どうしたんだろうと思った。

見上げると、チャーリーがジミーの首をつかんで、地面に倒していた。二人はごろごろ転がりながら、なぐり合い、怒鳴《どな》り合っている。今や学校じゅうの生徒が集まってきて取り囲み、声援《せいえん》を送っている。そのとき、校舎からマニングズ先生が、怒《いか》り狂《くる》った雄牛《おうし》のような叫《さけ》び声をあげて飛び出してきた。先生は二人を引き離《はな》すと、襟首《えりくび》をつかんで校舎の中へ引きずっていった。鼻血を出して座りこんでいるぼくに気づかれなかったのは、幸運だった。

チャーリーは笞打《むちう》ちの罰《ばつ》をくらった。ジミー・パーソンズも同じく、六回ずつ。つまりチャーリーは、その日ぼくを二重に救ってくれたわけだ。校庭に残った生徒は、笞の音に聞き耳を立て、回数を数えていた。ジミー・パーソンズが先で、泣き声が聞こえた。

「ああ、先生！　ああ、先生！　ああ、先生！」

ところがチャーリーの番になると、笞の音しか聞こえなかった。笞と笞のあいだは沈黙《ちんもく》。ぼくの胸は誇《ほこ》りでいっぱいだった。ぼくには世界一勇敢《ゆうかん》な兄がいる。

モリーがそばへ来て手をとって立たせ、井戸《いど》のところへ連れていってくれた。そして、自分のハンカチを濡《ぬ》らして、鼻のまわり、手、膝《ひざ》、そこらじゅうについた血をふいてくれる。水はひんやりと気持ちよく、モリーの手はやわらかい。しばらくのあいだ、モリーは一言もしゃべらなかった。痛まないように、そっとやさしくふいてくれる。やがて、突然《とつぜん》口を開いた。

「あたしはジョー兄ちゃんが好きよ。やさしいから。あたしは、やさしい人が好き」

モリーはジョー兄ちゃんが好き。そのとき、はっきりわかった。ぼくは死ぬまでモリーを愛し続けるだろう。

しばらくして、チャーリーがズボンを上げながら校庭へ出てきた。日の光の下でニヤニヤ笑っている。生徒は一人残らずチャーリーのまわりに群がった。

「チャーリー、痛かったか？」

「膝の後ろ？　それとも、おしり？」

チャーリーは何とも答えず、みんなの中を抜《ぬ》けて、まっすぐぼくとモリーのところに来た。

「やつは、二度とあんな真似はしないよ、トモ。効《き》くところを狙《ねら》い打ちしたからさ。タマだよ」そして、ぼくのあごを持ち上げると、鼻を調べた。「大丈夫《だいじょうぶ》か、トモ？」

「ちょっとだけ痛い」ぼくが言うと、

「おれも、おしりがちょっとだけ痛い」チャーリーもそう言った。

するとモリーが笑い、ぼくが笑い、チャーリーも笑った。学校じゅうの生徒が一緒《いっしょ》になって笑った。

あのときから、モリーはぼくらの仲間になった。ある日、急に家族の一員になり、兄弟の仲間入りをしたようなものだった。あの日の午後、モリーがぼくらと一緒に家に来ると、ジョー兄ちゃんは原っぱで摘《つ》んだ花をあげた。母さんは、まるで実の娘《むすめ》ができたかのようにモリーに接した。

その日以来、モリーは、ほとんど毎日うちに寄るようになった。ずっとぼくらと一緒にいたいようだった。だいぶあとになるまで、その理由はわからなかったが。母さんがよく、モリーの髪《かみ》にブラシをかけていたのを覚えている。母さんはそうするのが楽しみで、ぼくらはそれを見るのが楽しみだった。

母さん。母さんのことをよく考える。母さんを思うと、高い生垣《いけがき》と家に続く小道、夕方に出かけた川辺の散歩を思い出す。シモツケソウ、スイカズラ、ヤハズエンドウ、ジギタリス、ナデシコ、野バラを思い出す。野の花やチョウの名で、母さんが知らないものなどなかった。その名を口にする母さんの声が大好きだった。アカタテハ、クジャクチョウ、モンシロチョウ、アドニスブルー。母さんの声は、今も頭の中に聞こえる。

なぜだかわからないが、母さんの顔や姿よりも声のほうがはっきりしている。たぶん、母さんがひっきりなしにジョー兄ちゃんに話しかけていたからだろう。いつでも、身のまわりのいっさいのことをジョー兄ちゃんに説明してあげていた。母さんはジョー兄ちゃんの道案内であり、通訳であり、先生でもあった。

学校は、ジョー兄ちゃんを受け入れてくれなかった。マニングズ先生は、ジョー兄ちゃんを知恵遅《ちえおく》れだと言った。兄ちゃんは全然遅れてやしない。ぼくらと少し違《ちが》うだけだ。母さんは兄ちゃんを「特別」だと言っていた。知恵遅れじゃない。兄ちゃんには手助けが必要なだけ。手助けは母さんがする。たとえば少し目が悪いようなものだ。目は見えるけれど、見ているもののことが理解できない場合がある。それでも、兄ちゃんはすごく知りたがる。だから、母さんが繰《く》り返し、繰り返し教える。物事が、なぜ、どのようになっているかを、兄ちゃんに説明し続けるのだ。

母さんは、ジョー兄ちゃんによく歌を歌ってあげた。発作が起きて、いらいらと不安になっているときでも、母さんが歌えば落ち着かせ、なだめることができたから。母さんは、チャーリーとぼくにも歌ってくれることがあった。たぶんいつもの癖《くせ》で。どんな理由で歌ってくれるにせよ、ぼくたちは母さんの歌が大好きだった。母さんの声が大好きだった。母さんの声こそが、ぼくらの子ども時代を包む音楽だった。

父さんが死んでから、その音楽がやんだ。母さんはひっそりと静かになり、家の中には悲しみがあふれた。ぼくには隠《かく》している秘密がある。胸から決して取り出すことのできない秘密が。罪の意識から、ぼくはますます自分の殻《から》に閉じこもった。ジョー兄ちゃんでさえ、めったに笑わなくなった。とくに食事の時間の台所は、父さんがいないと、まるで空っぽになったようだった。父さんの大きな体も、部屋じゅうにひびく声もない。玄関《げんかん》にかけてあった仕事用の汚《よご》れた上着もない。パイプのにおいもかすかになってしまった。父さんを亡《な》くしたあと、ぼくらは、自分なりのやりかたで父さんの死を静かに悼《いた》んだ。

母さんは、かろうじてジョー兄ちゃんに話しかけてはいる。でも、前ほど頻繁《ひんぱん》ではなかった。ジョー兄ちゃんのぶつぶつ、もぐもぐ言うような話し言葉がわかるのは母さんだけだから、仕方なく話し相手になっているのだ。チャーリーとぼくにもときどき少しはわかることがあるけれど、母さんは、ジョー兄ちゃんの言いたいことがすっかりわかる。言うより前にわかることもあるくらいだ。

母さんには何か心配事があるように見えた。チャーリーとぼくはそう感じた。父さんを失った悲しみだけではない。口に出さない何か、ぼくらに隠しておきたい何事かがあるのは確かだった。そしてそれは、じきに明らかになった。

ぼくらは、学校から帰ってお茶を飲んでいた。モリーも一緒《いっしょ》だった。すると、玄関の戸をたたく音がした。来たのが誰《だれ》か、母さんにはすぐにわかったようだった。母さんは気持ちを落ち着けようとしてか、エプロンのしわを伸《の》ばし、髪《かみ》を直してから玄関を開けた。現れたのは大佐《たいさ》だった。

「ピースフルさん、お話がありましてな。もう、何のことかはおわかりだろうが」

母さんは、ぼくらにお茶を済《す》ませてしまうようにと言って、戸を閉めて大佐と二人で庭へ出ていった。チャーリーとぼくは、モリーとジョー兄ちゃんをテーブルに残して、裏口から飛び出した。菜園を飛びこえて生垣《いけがき》沿いに走り、薪《まき》小屋の裏にしゃがんで聞き耳を立てた。一言ももらさず聞けるほど、すぐ近くで。

「ご主人を不慮《ふりょ》の事故で亡くされたばかりでこんな話を切り出すのは、いささか不躾《ぶしつけ》ではあるのだが」と、大佐の声。話しながら、母さんのほうを見ようとせず、手にしたシルクハットをコートの袖《そで》でこすっている。

「だが、問題は貸し家のことでな。はっきり言って、ピースフルさん、あんたがたがこの家に住む権利はすでにない。おわかりだろうが、この家は亡くなったご主人に、うちの地所で仕事をしてもらうことを条件に貸していたものだから。ご主人が亡《な》くなった今となっては……」

「わかりました、大佐《たいさ》。出てほしいわけですね」と、母さん。

「ああ、そうではない。出ていってもらいたいわけではないんだ、ピースフルさん。それは取り決め次第ということで」

「取り決めですって？　どんな取り決めでしょう？」

「ああ、たまたま屋敷《やしき》にちょうどよい仕事がある。実は、家内《かない》の小間使いが辞めることになった。ご存じのとおり、家内は体の具合が悪くてな。最近ではほとんど車椅子《いす》生活だ。それで、週に七日のあいだ身のまわりの世話をする者が必要だ」

「でも、私《わたし》には子どもたちがいますもの。うちの子どもの面倒《めんどう》は誰《だれ》がみるのです？」

母さんが言った。しばらくの沈黙《ちんもく》のあと、大佐が口を開いた。

「男の子二人は、もう自分でやっていけるだろうと思うがね。もう一人には、エクスターに精神病院がある。そういうところなら……」

母さんが大佐の言葉をさえぎった。その怒《いか》りは隠《かく》しようもなかったが、母さんの声は冷たく落ち着きはらったものだった。

「それは問題外です、大佐。考えられません。ただ、この頭をおおう屋根をお借りするために何とかして、奥《おく》様のメイドとして働けるようにいたします。それでよろしいですね」

「要点はおわかりのようだな、ピースフルさん。私にはどうしようもない。返事は一週間以内に。それでは奥さん。あらためて、お悔《く》やみ申し上げる」

ぼくらは、立ちつくす母さんを残して大佐が行ってしまうのを見ていた。ぼくはそれまで、母さんが泣くのを見たことがなかった。その母さんが泣いていた。母さんは背の高い草むらのかげにしゃがみ、両手で顔をおおって泣いていた。

そのとき、ジョー兄ちゃんとモリーが家から出てきた。ジョー兄ちゃんは母さんを見るなり駆《か》けつけて、母さんのそばにひざまずき、抱《だ》きしめて体をそっとゆすりながら、「オレンジとレモン」を歌った。母さんが涙《なみだ》をふいて微笑《ほほえ》み、一緒《いっしょ》に歌いだすまでやめなかった。そのあと、ぼくらも一緒になって歌った。むきになって大声で歌った。いやでも大佐の耳に入るように。

その日、モリーが家に帰ったあと、チャーリーとぼくは、しばらく無言で果樹園に座っていた。あのとき、もう少しで自分の秘密を話すところだった。話したくてたまらなかった。でも、できなかった。話したら、もうぼくと口をきいてくれないだろうと思った。機会は失われた。

「あいつが憎《にく》い」チャーリーがつぶやいた。「いつかやってやるぞ、トモ。いつかきっと、あいつをぶちのめす」

母さんに選ぶ余地がないのは、わかりきったことだった。母さんは大佐が言ってきた仕事をしなければならないし、手伝いを頼《たの》める親戚《しんせき》は一人しかいない。オオカミばあちゃんだ。次の週には、ぼくらの面倒《めんどう》をみるために、オオカミばあちゃんが家に移ってきた。

あいつは、本当はぼくらのおばあさんではない。ぼくらのおばあさんは二人とも亡《な》くなっていた。正確には、母さんの叔母《おば》さんにあたる。けれど、あいつ自身が「大叔母」という呼び方はいかにも年寄りくさくて偏屈《へんくつ》そうに聞こえるからと言って、「おばあちゃん」と呼ばせたんだ。実際は年寄りくさくて偏屈なのに。うちに越《こ》してくる前から、みんなが嫌《きら》っていた。鼻の下に髭《ひげ》が生えているのが何より嫌いだった。越してきてからも、好きになれなかった。

オオカミばあちゃんの身の上話は、誰《だれ》でも知っていた。大佐《たいさ》のお屋敷《やしき》で長いあいだ家政婦をしていた。そして、何かの原因で大佐の奥さんを怒《おこ》らせた。奥さんと激しい仲たがいをして勤めを辞めざるをえなくなり、お屋敷を出て村に移り住んだ。だからあのとき手が空《あ》いていて、ぼくらの世話をしに来ることになったのだ。

チャーリーとぼくのあいだでは、決して「大叔母さん」とも「おばあちゃん」とも呼びはしなかった。二人だけの呼び名があったんだ。小さいころ、母さんはよく『赤ずきんちゃん』を読んでくれた。その本に出てくる、おばあさんに化《ば》けてベッドに寝《ね》ているオオカミの絵を、ぼくらはよく覚えていた。あいつと同じ黒いボンネットを頭にかぶっていた。おまけに、大きなすきっ歯も同じ。それで、思い出せないほどずっと昔から、あいつを「オオカミばあちゃん」

と呼んでいた。もちろん、本人のいないところで。母さんは、失礼だわと言ったけど、本当はあのあだ名が気に入ってたんじゃないだろうか。

じきに、似ているだけでなく、オオカミそのものだと思い知ることになった。まず、母さんがいなくなった我が家を仕切るのが誰であるか、ぼくらに見せつけた。何もかも、言われたとおりにしなければならなかった。手を洗え。髪《かみ》をとかせ。ものを食べながらしゃべるな。皿によそったものは残すな。残すな、欲張るな。

それだけならまだよかった。慣れればいいからだ。けれど許せないのは、ジョー兄ちゃんにひどい扱《あつか》いをすることだった。ジョー兄ちゃんに話しかけるとき、またはジョー兄ちゃんのことを話すとき、まるで頭が悪いか、おかしいかのような言い方をした。赤ん坊《ぼう》扱いだ。始終ジョー兄ちゃんの口のまわりをふき、食事中に歌うのをやめさせる。一度モリーがそのことで文句を言うと、ピシャリとひっぱたいて、家に帰らせてしまった。あいつは、言われたとおりにしないと、ジョー兄ちゃんのこともひっぱたいた。それも一度や二度ではない。

ジョー兄ちゃんは気持ちが落ち着かなくなると、体をゆすって、独り言を言い始める。そんなときに歌を歌ってなだめてくれる母さんはいない。代わりにモリーが話しかけてくれた。ぼくらもやってみたが、やはり母さんのようにはいかなかった。

オオカミばあちゃんが家にやってきた日から、世界が変わってしまった。母さんは、ぼくらが学校へ行く前、明け方にお屋敷《やしき》へ仕事に行く。そして、お茶の時間に学校から帰っても、まだもどらない。母さんの代わりにオオカミばあちゃんがいて、今やあいつの巣になってしまった家に居座っていた。ジョー兄ちゃんは、あんなに好きだった散歩を止められたから、ぼくらが学校から帰ると、まるで何週間も会わないかのように飛び出して迎《むか》えるのだった。

母さんが帰ったときも、ジョー兄ちゃんは同じように飛び出していくが、たいてい母さんは仕事で疲《つか》れきっていて、口を開くのも億劫《おっくう》そうだった。母さんにも家の中の変化はわかっていたが、気力もなく、どうすることもできなかった。ぼくらは母さんを失ったように感じた。母さんがどこかへ追いやられてしまったようだった。

オオカミばあちゃんは、あれこれ指図をし、母さんにまで命令した。オオカミばあちゃんはしょっちゅう、母さんの子育ては間違《まちが》いだと言っていた。この家の子は行儀《ぎょうぎ》が悪く、善悪のけじめがない。自分がすすめた男と結婚《けっこん》していればよかったものを。

「あのとき、そう言ったんだ」、「前から言ってるじゃないか」――その言葉の繰《く》り返し。「言うとおりにすれば、今ごろはずっとよかったのに、聞きやしない。まったく。あんな森番なんかと結婚する羽目になって。ほんとならもっとちゃんとした、もっと上の階級の人間だよ。うちの家系は商店をやっていたんだ。きちんとした商売さ。言っておくけど、けっこうな利益のある相当な商売だったよ。だのに、あの子は継《つ》がなかった。おまえらのおじいさんをがっかりさせて。あげくの果てにどうだ。あの年で小間使いだと。やっかいなこと。あんたらの母親は、生まれつきやっかいを背負《しょ》いこんでるのさ」

母さんがオオカミばあちゃんをやっつけてくれたらと、どんなに願ったことか。でも、そのたびに母さんは、おとなしく引き下がってしまった。あまりに疲れ果てて何もできなかったのだ。チャーリーとぼくには、母さんは人が変わったように見えた。母さんの声には笑いのかげもなく、目には光がなかった。ぼくには痛いほどよくわかっていた。こんなことになったのが誰《だれ》のせいか。父さんが死んで、母さんがお屋敷に働きに出なければならなくなったのも。オオカミばあちゃんがうちに入りこんで、居座ることになったのも。

ときどき、夜になると、オオカミばあちゃんのいびきが聞こえることがあった。それを聞いて、チャーリーと二人で、大佐《たいさ》とオオカミばあちゃんの物語を作った。

ある日、ぼくたちはお屋敷へ行き、大佐の奥《おく》さんを湖に突《つ》き落としておぼれさせる。それで母さんは家に帰れることになり、ぼくらと、ジョー兄ちゃんと、モリーと一緒《いっしょ》に何もかも元どおりに暮らし、めでたしめでたし。それから、大佐とオオカミばあちゃんは結婚して、いつまでもいつまでも不幸せに暮らしました。どちらもひどく年寄りなので、二人のあいだには、はじめから年寄りでしわくちゃで、すきっ歯の妖怪《ようかい》のような子どもが大勢生まれました。女の子にはオオカミばあちゃんそっくりの口髭《くちひげ》があって、男の子には大佐そっくりの頰髭《ほおひげ》が生えていましたとさ。

ぼくは、その妖怪《ようかい》のような子どもがぞろぞろ出てくる悪夢を何度も見た。いつでも結末は同じ。ぼくは父さんと森にいて、木が倒《たお》れてくる。ぼくは叫《さけ》び声をあげて目を覚ます。するとチャーリーがぼくのそばにいて、何もかも元どおり、めでたしめでたし。チャーリーなら、何だって元どおりにしてくれる。

午後十一時十五分ごろ

ネズミが一匹《ぴき》いる。ランプの灯《ひ》の下で、ぼくを見上げている。ぼくの姿にびっくりしたようだ。こっちが驚《おどろ》いたのと同じぐらい。

ああ、行ってしまう。まだ、まぐさ台の下あたりで動きまわる音がする。

今度こそ行ってしまったようだ。もどってきてほしい。寂《さび》しくなった。


オオカミばあちゃんはネズミが大嫌《だいきら》いだった。明らかに、ひどくネズミを怖《こわ》がっていた。だから、秋になり雨と寒さがやってくるとともに、ネズミたちが外より暖かいと判断してぼくらの家で同居を始めたときには、チャーリーと二人でにんまりした。

ジョー兄ちゃんはネズミが大好きだった。ネズミに餌《えさ》をやるほどだ。そのことでオオカミばあちゃんに怒鳴《どな》られ、ひっぱたかれた。けれどジョー兄ちゃんには、なぜたたかれるのかが理解できない。だから、相変わらずネズミに餌《えさ》をやり続けた。オオカミばあちゃんはネズミ捕《と》りを仕掛《しか》けたが、チャーリーとぼくが見つけ出してバネをはずしてしまった。その秋、ばあちゃんが捕《つか》まえたネズミは、たった一匹《ぴき》だけだった。

捕まった一匹のネズミは、どんなネズミにも負けない盛大なお葬式《そうしき》をしてもらった。喪主《もしゅ》のジョー兄ちゃんは、参列した誰《だれ》よりも一番泣いていた。モリーとチャーリーとぼくで、墓穴を掘《ほ》った。その墓にモリーが花を山のように供え、みんなで賛美歌の「いつくしみ深き 友なるイエスよ」を歌った。場所は果樹園の奥《おく》だ。リンゴの木々のかげに隠《かく》れて、オオカミばあちゃんからは見えも聞こえもしないところを選んだ。そのあとお墓を囲んで座り、ブラックベリーで清めの会食をした。ジョー兄ちゃんもそのときには泣きやみ、ぼくらは真っ黒になった口で「オレンジとレモン」を歌った。ネズミのお墓の前で。

オオカミばあちゃんは、ネズミを退治するためにあらゆる手段をとった。まず、食料貯蔵室の下水溝《げすいこう》に毒入りの餌をまいた。それはぼくらがきれいに片づけた。次に、村の疣《いぼ》取り屋、曲がった鼻のボブ・ジェイムズにネズミ退治を依頼《いらい》し、彼《かれ》が来て仕事をしたが、うまくいかなかった。それで、オオカミばあちゃんは最後の手段と、箒《ほうき》を振《ふ》りかざしてネズミを追いかけ、家から追い出した。だが、そのたびにネズミはもどってくる。おかげでぼくらは、余計に当たり散らされることになった。それでもチャーリーとぼくは、どんなにたたかれようとも、オオカミばあちゃんが怖《こわ》がってバカ騒《さわ》ぎをするのを見たり、魔女《まじょ》じみた悲鳴をあげるのを聞いたりするだけで大満足だった。

寝《ね》る前のオオカミばあちゃん物語は、話すたびに変わっていった。今や、大佐《たいさ》とオオカミばあちゃんのあいだに生まれるのは、人間ではなかった。オオカミばあちゃんが産んだのは、巨《きょ》大《だい》なネズミ男とネズミ女でした。どの子にも長いしっぽと、ぴくぴく動く髭《ひげ》があったとさ。

しかし、次にあいつがしたことを考えれば、もっとひどい運命にしてやっても足りないぐらいだった。

オオカミばあちゃんは、モリーのことも時折たたくことはあるものの、ぼくらよりはずっと気に入っているようだった。それにはいくつも理由があった。まず、女だから。女の子はいいよ、といつも言っていた。男の子と違《ちが》って下品でも卑《いや》しくもないから。そのうえモリーの両親とは仲の良い友達だった。モリーの家もうちと同じで、大佐の借家だった。モリーの父親は大佐の馬丁《ばてい》で、あの人たちはきちんとした人間だわ、とばあちゃんは言っていた。心の正しい、信心深い人たちで、子どもをきちんと――つまり厳しく育てていると。

モリーからも、両親は厳しいと聞いていた。ほんの些細《ささい》なことで、何時間も部屋に閉じこめられたり、父親から折檻《せっかん》されたりすると。年とってから生まれた一人っ子だから、完璧《かんぺき》に育てようとしたのだそうだ。

いずれにせよ、オオカミばあちゃんがモリーの両親を認めているのは都合がよかった。もしそうでなければ、モリーが来て遊ぶことも禁止されていただろう。でも、ばあちゃんはモリーを気に入っていたから、モリーが良い影響《えいきょう》を与《あた》え、行儀《ぎょうぎ》や何かを教え、ぼくらの下品で卑《いや》しいところが直るだろうと言っていた。おかげでモリーは、毎日学校帰りに一緒《いっしょ》にうちへ寄り、お茶を飲むことができた。

あのネズミのお葬式《そうしき》からそれほどたたないころ、ジョー兄ちゃんの誕生日がきた。チャーリーとぼくは、村のブライトさんの店でハッカ飴《あめ》を買った。ジョー兄ちゃんはハッカ飴が大好きだった。

モリーは、茶色の小さな箱に入れたプレゼントを持ってきた。空気穴があいていて、輪ゴムでとめてあった。学校にいるあいだ、プレゼントは校庭の奥《おく》の茂《しげ》みの中に隠《かく》しておいた。家へ帰る道々さんざん頼《たの》んだあげく、ようやく中身を見せてもらえた。それはカヤネズミだった。大きな耳と驚《おどろ》いたような目をした、見たこともないくらいかわいい、ちっぽけなネズミだった。モリーが指の背でなでてやると、カヤネズミは座って髭《ひげ》をぴくぴくさせていた。

お茶のあと、モリーは果樹園の奥の、家からは見えないところ、オオカミばあちゃんの鋭《するど》い目から隠れたところで、そのプレゼントをジョー兄ちゃんに渡《わた》した。ジョー兄ちゃんは、永遠に離《はな》さないかと思うほど長くモリーに抱《だ》きついていた。

ジョー兄ちゃんは、その誕生日のネズミを、箱のまま寝室《しんしつ》の戸棚《とだな》の引き出しに隠した。外の薪《まき》小屋に、ほかのペットと一緒に置くのは寒すぎるからと言って。

カヤネズミは、たちまちジョー兄ちゃんのお気に入りになった。オオカミばあちゃんにはカヤネズミのことを言わないように、もしも見つかったらつまみ出して殺されるから、と、ぼくらは代わるがわるジョー兄ちゃんに言い聞かせた。

どうして見つかったのかわからない。けれど数日後、学校から帰ると、ジョー兄ちゃんが自分の寝室の床《ゆか》に座りこんで、身も世もなく泣きじゃくっていた。わきには空っぽの引き出しがあった。オオカミばあちゃんが嵐《あらし》のように部屋に飛びこんでくると、この私《わたし》の家には、いやらしい、汚《きたな》らしい生き物はいっさい許さないとわめきたてた。それだけではない。ジョー兄ちゃんが家の中に持ちこむといけないからと、ヘビトカゲ、トカゲ二匹《ひき》、ハリネズミを全部始末してしまったのだ。

家族のように大事にしていた生き物がいなくなり、ジョー兄ちゃんは悲しみにくれた。モリーはオオカミばあちゃんに向かって、「なんてひどい、情け知らずなの。死んだら地獄《じごく》へ落ちるわ」と叫《さけ》び、泣きながら家に帰ってしまった。

その夜、チャーリーとぼくが作った物語は、翌日のお茶にネズミ用の毒を入れて、あいつを始末してやる話だった。ところが、結局ぼくらは、オオカミばあちゃんから逃《のが》れることになった。幸い、ネズミ用の毒を使わなくても、奇跡《きせき》が起きたのだ。素晴らしい奇跡が。

まず、大佐《たいさ》の奥《おく》さんが車椅子《いす》に座ったまま亡《な》くなった。それで、ぼくらが湖に突《つ》き落とす必要もなくなった。お茶の時間にスコンが喉《のど》に詰《つ》まったのだそうだ。母さんが手をつくして介抱《かいほう》したが、その甲斐《かい》もなく息をひきとった。

盛大なお葬式《そうしき》があり、ぼくらみんなが参列させられた。奥さんは銀の取っ手がついた光輝《かがや》く棺《ひつぎ》に入れられ、棺の上には花束《はなたば》が山と積まれた。牧師は、彼女《かのじょ》が教区の人々からどんなに愛されていたか、地域の人々の面倒《めんどう》をみることにどれほど身を捧《ささ》げたか、という話をしたが、どれもぼくらには初耳だった。

それが終わると教会の床板《ゆかいた》を上げ、参列者全員が賛美歌の「主よともに宿りませ」を歌うなか、地下納骨所に棺を納《おさ》めた。そのあいだじゅう思っていた。ぼくなら、父さんのように質素な棺に入れ、太陽が降り注ぎ、風が吹《ふ》きわたる戸外に埋《う》めてもらいたいと。死んだ親類縁者《えんじゃ》の骨といっしょくたに暗い穴に押《お》しこめられるなんて、いやだ。

母さんは、賛美歌の途中《とちゅう》でジョー兄ちゃんを連れ出さなきゃならなかった。大きな声で「オレンジとレモン」を歌い始めて、やめなかったからだ。オオカミばあちゃんはぼくらに向かって、オオカミそっくりに歯をむき出し、いかにも不機嫌《ふきげん》そうに顔をしかめた。そのときはまだ知らなかったけれど、オオカミばあちゃんはそのあとすぐに、その怒《いか》りも、脅《おど》しも、不機嫌な顔も全部まとめて、目の前から消えることになったのだ。

あまりにも突然《とつぜん》、喜びの時がきた。母さんがぼくらのもとに帰ってきた。こうなったらオオカミばあちゃんが村に帰るのは時間の問題だろう、と期待が高まった。お屋敷《やしき》には小間使いが必要な女主人がいなくなり、母さんの仕事はなくなったのだ。

母さんは家に帰ってきた。そして、日に日に元どおりの母さんにもどってくれた。おもにジョー兄ちゃんの扱《あつか》い方が原因で、母さんとオオカミばあちゃんのあいだで、素敵に派手な言い争いが持ち上がった。私《わたし》が帰ったからには、これ以上我慢《がまん》できません、母さんはそう言った。ぼくらは聞き耳を立て、その一言一言に大喜びした。

けれども、新しい喜びにかかる、ひとつの大きな影《かげ》があった。母さんが仕事をしないということは収入がないわけで、見通しは絶望的だった。マントルピースの上のマグカップに入れていたお金は底をつき、食卓《しょくたく》の食べ物は日がたつにつれ減っていった。ジャガイモだけしかない日が続き、しかも、遅《おそ》かれ早かれ大佐に家を追い出されることがわかっていた。ぼくらはただ、玄関《げんかん》をノックする音を待つばかりだった。そのあいだにも、ひもじさが増していった。

密猟《みつりょう》に行こうと言いだしたのは、チャーリーだった。サケ、マス、ウサギ、運が良ければ鹿《しか》も獲《と》れる、と。父さんも少し密猟《みつりょう》をやったことがあるそうで、やりかたはチャーリーが知っていた。モリーとぼくは見張り役だ。罠《わな》でも釣《つ》りでも、どっちでもいい。そこで、夜中か明け方、一緒《いっしょ》に抜《ぬ》け出せるときを見計らって密猟に出かけた。大佐《たいさ》の土地、大佐の森で。大佐の川にはマスもサケもたくさんのぼってきた。ジョー兄ちゃんは連れていけなかった。いつ歌を歌いだすかわからないし、母さんに言ってしまうからだ。ジョー兄ちゃんは母さんに何でも話す。

成果は上々だった。ぼくらはウサギをどっさり、マスを少し、一度など六キロもあるサケを持って帰った。おかげで、ジャガイモ以外のものが口に入った。

母さんには、大佐の土地に行っていることを言わなかった。母さんは、そういうことが大嫌《だいきら》いだから。もちろん、オオカミばあちゃんには絶対に知られてはならなかった。万が一わかれば、すぐさま大佐に知らせに飛んでいくからだ。ばあちゃんは、大佐のことを「私《わたし》のお友達の大佐」と呼び、どんなときも大佐をほめるほどだから、用心が必要だ。それで、ウサギは果樹園で捕《つか》まえ、魚は村の小川で釣ったことにした。小川では小さなマスしか釣れないが、母さんたちはそんなことなど知らない。チャーリーが、このサケは産卵のために小川をのぼってきたんだろう、と言った。サケってそういうものさ、と。チャーリーは嘘《うそ》をつくのがうまいから、みんなが信じた。ありがたかった。

チャーリーが罠や網《あみ》を仕掛《しか》けているあいだ、モリーとぼくで見張っていた。大佐の土地の管理人ランバートは年寄りだが侮《あなど》れないやつで、見つかれば猟犬《りょうけん》をけしかけられるとわかっていた。ある晩遅《おそ》く、下の川でチャーリーが忙《いそが》しく働いているあいだ橋のたもとに座っていると、モリーがぼくの手をとり、ぎゅっと握《にぎ》りしめた。そしてささやいた。「あたし、暗闇《くらやみ》は好きじゃないの」。あんなに幸せなことはなかった。

次の日、大佐がひょっこり家を訪ねてきたとき、密猟が見つかったか、ぼくらを追い出すために来たに違《ちが》いないと思った。ところが、どちらでもなかった。おかしなことに、オオカミばあちゃんには、来るのがわかっていたようだった。ばあちゃんがドアを開け、大佐を家に入れた。大佐は母さんにうなずいて見せ、ぼくらには顔をしかめて見せた。オオカミばあちゃんは、手真似でぼくらを外へ追いはらい、大佐に椅子《いす》をすすめた。立ち聞きしたかったが、ジョー兄ちゃんが静かにしていられないので、仕方なく悪い知らせを待つことにした。

ところが、まったく逆で、悪いどころか最高の知らせとなった。

大佐が帰ると、オオカミばあちゃんがぼくらを家に呼び入れた。ばあちゃんは興奮し、得意になって、体がふくらんでいるように見えた。

「お母さんが説明してくれるだろうよ」あいつはボンネットをかぶりながら、おごそかに口を開いた。「私は今からお屋敷《やしき》に行かなければならないのさ。仕事があるんでね」

母さんは、オオカミばあちゃんが行ってしまうまで待ってから、笑顔で話してくれた。

「あのね、大叔母《おおおば》さんがずっと前に、お屋敷《やしき》で家政婦をしていたことは知ってるわね？」

「それで、大佐《たいさ》の奥《おく》さんに追い出されたんだろ」と、チャーリーが言うと、

「つまり仕事を失ったのね。それで今度は、その奥様が亡《な》くなられたもので、大佐は大叔母さんに、住みこみの家政婦として働いてほしいんですって。できるだけ早い時期にお屋敷に移ることになるわ」

万歳《ばんざい》はしなかったものの、そんな気分だった。

「うちはどうなるの？　あのいかさまじじいに追い出されるの？」チャーリーがきいた。

「いいえ、大丈夫《だいじょうぶ》よ。亡くなった奥様が私《わたし》を気に入ってくだすって、奥様に万一のことがあっても私の面倒《めんどう》をみると、大佐に約束させたそうなの。大佐は約束を守ったわ。誰《だれ》がどう言おうと、大佐は約束は実行する人よ。私はお屋敷のリネン類の手入れと縫《ぬ》い物をさせてもらうことになったわ。ほとんどが家に持ち帰ってできる仕事よ。これで多少は収入もできる。何とかやっていけるわ。どう？　よかったわね、ここにいられるのよ！」

今度こそ万歳を叫《さけ》んだ。ジョー兄ちゃんも叫んだが、その声は誰よりも大きかった。それで、ぼくらは今までどおり家にいて、オオカミばあちゃんが出ていった。ぼくらは自由になり、すべては元どおりにおさまった。少なくともしばらくのあいだは。

モリーはぼくより二つ年上、チャーリーは三つ上で、どちらも駆《か》け足が速かった。ぼくは一日の大半を、前を競走で走っていく二人か、草むらを飛びこえていく二人を追いかけて過ごしていたような気がする。モリーのお下げ髪《がみ》がゆれ、二人の笑い声がまじりあう。二人がずっと先まで行ってしまい、ぼくを仲間はずれにしたいのかと思うこともあった。そんなときは、見捨てられたみじめさを訴《うった》え、泣きながら二人を呼んだ。すると二人は、待っていてくれるのだった。モリーが駆けもどってきて、手をつないでくれれば最高だった。

ぼくらは、大佐の魚を密漁するかリンゴを盗《ぬす》むかしてスリルを楽しむ以外は、たいてい野山を歩きまわって遊んでいた。モリーは猫《ねこ》のように木登りが上手で、ぼくら兄弟のどちらよりも速く登れた。川のほとりでカワセミがさっと舞《ま》い降りるのをながめることもあった。柳《やなぎ》が枝をたれるオークメント池で泳いだこともあった。水は黒く深く神秘的によどみ、人っ子一人いなかった。

忘れられないのは、モリーがチャーリーに服を全部脱《ぬ》げと言った日のこと。驚《おどろ》いたことに、チャーリーは言われたとおりにした。そしてモリーも脱いだ。二人は歓声《かんせい》をあげて川辺へ走り、水に飛びこんだ。ぼくも続けと誘《さそ》われたが、モリーの目の前で裸《はだか》になることはできなかった。それで、むっつりと土手に座りこみ、二人が水しぶきをあげてはしゃぐのをながめていた。そのあいだじゅう、自分にもチャーリーのように勇気があればいいのに、二人と一緒《いっしょ》になればいいのに、と思い続けた。

水から上がると、モリーは茂《しげ》みのかげで服を着た。見るなと言った。でも、ぼくらは見ていた。服をつけていない女の子を見たのは、それが初めてだった。モリーの体はとても細く、白かった。そして濡《ぬ》れた服をしぼるように、お下げ髪《がみ》をしぼった。

ぼくが裸《はだか》で水に入るまで、何日もかかった。腰《こし》まで水につかったモリーが、手で両目をふさいで川から呼びかけた。「おいでよ、トモ。見ないから。約束する」

もうそれ以上仲間はずれはいやだったから、ぼくは服を脱《ぬ》いで水辺に走った。指のあいだからモリーが見るといけないので、前を隠《かく》して。ひとたび裸になってしまえば、もう何も気にならなかった。

さんざん遊んで疲《つか》れると、浅瀬《あさせ》に寝《ね》そべっておしゃべりをした。川の水が体の上をさらさらと流れるにまかせて。おしゃべりはつきなかった。あるとき、モリーがこんなことを言った。今この瞬間《しゅんかん》に、ここで死にたいものだ。明日などこなければいい。明日が今日より良い日になる保証はないから。

「そうだわ」モリーは体を起こして川の中に座りこみ、小石を片手にいっぱい拾った。「あたしたちの未来を占《うらな》うわね。ジプシーがやるのを見たの」

そして両手の中で小石をよく振《ふ》ってから、目を閉じて川岸にまいた。モリーは、ひざまずいて小石の上にかがみ、何かを読み取るように、まじめくさったようすでゆっくり話し始めた。「小石は言ってるわ。あたしたち三人は、ずっと一緒にいるでしょう。いつまでも、いつまでも。互《たが》いに一緒にいるかぎり、三人とも幸運に恵《めぐ》まれ、幸せでいるでしょう」そう言って笑いかけた。「小石は嘘《うそ》を言わないわ。だから、いつも一緒にいてね」

一年か二年のあいだは、モリーの小石占いどおりだった。ところがそのあと、モリーが病気になった。ある日、モリーが学校を休んだ。猩紅熱《しょうこうねつ》で容態が悪い、とマニングズ先生が言った。その夕方、お茶のあとでチャーリーとぼくは、スイートピーの花束《はなたば》を持ってモリーの家に行った。香《かお》りが良いからと、母さんがモリーのために摘《つ》んでくれた花だ。

猩紅熱は人にうつる病気だから、見舞《みま》いに行っても家に入れてもらえないとは思っていたけれど、モリーのお母さんは、ぼくたちの見舞いを喜ばず、迷惑《めいわく》そうだった。ふだんから暗い、険《けわ》しい顔をした人だが、その日はさらに怒《おこ》っているようだった。花束を見もしないで受け取ると、二度と来ないほうがいいと告げた。その後ろからお父さんが出てきて、ぶっきらぼうに言った。帰れ、帰れ、おまえらはモリーの安眠《あんみん》を邪魔《じゃま》するのか、と。

家へと歩きながら考えずにいられなかった。あんな暗い家で、あんな両親と暮らしているなんて、モリーがかわいそう。大木も、倒《たお》れて押《お》しつぶす父親を間違《まちが》ったものだ。家からの小道を出るところで、モリーの部屋の窓を振《ふ》り返った。モリーが手を振っていることを願って。だがその姿はなく、確かに病気が重いのだとわかった。

チャーリーもぼくも、小さいころの日曜学校以来お祈《いの》りをしたことがなかったが、そのときだけは心から神様に祈った。毎晩ジョー兄ちゃんと三人並んでひざまずき、モリーが死なないようにと祈った。ジョー兄ちゃんは「オレンジとレモン」を歌い、最後にみんなでアーメンと言った。おまけに両手の指を組んで、願い事のおまじないもした。

午後十一時五十分

日曜学校時代から、本気で神を信じたことがあるかどうかわからない。教会のステンドグラスの十字架《じゅうじか》にかけられたイエスを見れば、どんなに辛《つら》く苦しかったろうと気の毒に思う。イエスは心やさしい、親切な人だ。けれど、なぜイエスの父といわれる全知全能の神が、イエスをあんな目にあわせておくのか、あのように苦しめるのか理解できなかった。

神に祈るのは、おまじないや小石占《うらな》いと変わらない。あのころも今もそう思う。だが、そう考えてはいけない。神が存在しなければ天国も存在しないことになるから。

今夜は、天国の存在を固く信じたい。父さんが言っていたように、死のあとに新しい生があると信じたい。死によってすべてが終わるのではないと。また会うことができると。

モリーが猩紅熱《しょうこうねつ》で床《とこ》についているあいだに、チャーリーとぼくはつくづく思い知ることになった。あの小石占《うらな》いは、ぼくらの運命を悪いほうへ向けただけでなく、真実を語っていたのだと。

三人が一緒《いっしょ》にいたときには、幸運に恵《めぐ》まれていた。けれど、モリーがいないと運に見放される。それまで、三人で大佐《たいさ》の魚を密漁に出かけていたときには、捕《つか》まったことがなかった。何度かランバートじいさんと犬に出くわしそうになったが、危機一髪《いっぱつ》で助かっていた。見張りが役に立っていたんだ。やつらが近づく物音に気づいて、そっと逃《に》げ出せたから。だが、初めてモリー抜《ぬ》きで密漁に行ったら、とてもまずいことになった。ぼくのせいだった。

誰《だれ》かが来てもわかるように、風がまったくない、密漁にぴったりの晩を選んだ。モリーと一緒に見張っていたときには、眠《ねむ》くなることなど一度もなかったし、ランバートじいさんと犬の足音が聞こえるたびにチャーリーを川から上げて、無事に逃げることができた。けれど、その晩のぼくは集中力がなかった。チャーリーが川で網《あみ》を張っているあいだ、いつもの橋のそばにおさまった。たぶん、居心地よくおさまりすぎたんだ。しばらく座っているうちに、眠ってしまった。ぼくは寝《ね》つきが悪いわりに、ぐっすり眠りこむたちだ。

何かの気配を感じたときには、すでに犬がぼくの首筋のにおいをかいでいた。次の瞬間《しゅんかん》、その犬が真正面から吠《ほ》えだし、ぼくはランバートじいさんに引きずり起こされた。チャーリーは月明かりに照らされた川で、網を引いているところだった。

「ピースフルのがきどもだな！　ごろつきめ！」ランバートじいさんのがなり声。「現行犯で捕まえたぞ。処罰《しょばつ》は決まりだ。間違《まちが》いない」

ぼくを置いて逃げてもよかったんだ。走って逃げれば逃げ切れるのに、そうしなかった。チャーリーは絶対にそんなことをしない。

ランバートじいさんは、ぼくらに猟銃《りょうじゅう》を突《つ》きつけて、川をあとにお屋敷《やしき》へ向かって歩かせた。後ろにぴったり犬がついて、ここにいるのを忘れるなとばかり、ときどきうなり声をたてた。逃げようものなら噛《か》み殺すぞと。

ランバートじいさんは、ぼくらを馬小屋に閉じこめて出ていった。ぼくらは暗闇《くらやみ》の中で待った。あたりで馬たちが足を踏《ふ》み鳴らしたり、もぐもぐ食べたり、鼻を鳴らしたりする物音がする。じきに、近づいてくるランプの光が見え、足音と人声が聞こえてきた。室内ばきにガウン姿の大佐が現れた。一緒に来たのは、ナイトキャップをかぶったオオカミばあちゃん。ランバートじいさんの犬と同じぐらい凶暴《きょうぼう》な顔をしていた。

大佐はぼくらの顔を順に見比べ、やれやれというように首を振《ふ》った。先に口を開いたのは、ばあちゃんのほうだった。「こんなに恥《は》ずかしい思いをしたことはないよ。私《わたし》の親戚《しんせき》が！　まったく不名誉《ふめいよ》だ。それも、あれだけ大佐にご恩を受けながら！　この、こそ泥《どろ》め。おまえたちときたら、正真正銘《しょうしんしょうめい》の盗人《ぬすっと》だよ」

次は大佐《たいさ》の番だった。「おまえらのようなごろつきは、判事の前に突《つ》き出すしかない。だがな、この私《わたし》が判事だから手間がはぶけるというものだ。この場で判決を言いわたしてやる。明朝十時きっかりにここへ出頭すること。二人とも、たっぷり笞《むち》をお見舞《みま》いしてやる。引き続き猟犬《りょうけん》小屋の掃除《そうじ》。よしと言うまでだ。それで密漁の罪を思い知るだろう」

家に帰るなり、しでかしたことをすべて母さんに話さねばならなかった。大佐に言われたことも全部。母さんは座ったまま、黙《だま》って聞いていた。表情が凍《こお》りついていた。やがて母さんの口から出たのは、ささやくような小声だった。

「これだけは言っておくわ。私の命にかえても、笞打ちはさせません」と母さんは言って、ぼくらを見上げた。目に涙《なみだ》があふれていた。「どうしてなの？　小川で釣《つ》ってるって言ったじゃない。そう言ったわ。おお、チャーリー、トモ」

ジョー兄ちゃんが母さんの髪《かみ》をなでた。兄ちゃんは心配し、動揺《どうよう》していた。母さんはジョー兄ちゃんの腕《うで》をやさしくたたいて、「大丈夫《だいじょうぶ》よ、ジョー。明日の朝、私たちも一緒《いっしょ》に行きましょう。犬小屋の掃除はいいわ、当然の報《むく》いだから。でも、それだけ。あなたたちの体に指一本ふれさせないわ。どうあろうとも」

母さんは言葉どおり実行した。どうやったのか、何を言ったのかはわからない。だが次の日、大佐の書斎《しょさい》で母さんと大佐が話し合ったあと、母さんは、ぼくら二人を大佐の前に立たせて謝らせた。続いて大佐が、私有《しゆう》財産の侵害《しんがい》についての長いお説教をしたあと、考えを変えたと告げた。笞打ちの代わりとして、これからクリスマスまでの期間、毎土曜・日曜には大佐の犬小屋を掃除すること。

やってみると、全然いやな仕事じゃなかった。なぜなら、においはすさまじいけれど、掃除をするあいだ、猟犬たちはまわりでうれしそうにしっぽを上げて振《ふ》っているだけだったから。ぼくらはよく仕事の手を休めては、犬をなでてやった。見られていないのを確かめてから。とくにお気に入りにしていたのは、バーサという犬だった。体はほとんど真っ白で、片足だけがこげ茶。とてもきれいな目をしていた。掃除のあいだじゅうそばにいて、好きで好きでたまらないという顔でぼくらを見た。その目を見るたびに、ぼくはモリーのことを思った。バーサの目と同じ、モリーの目もヘザーハニー（ヘザー、つまりヒースの花のハチミツ）の色だ。

ぼくらは充分《じゅうぶん》気をつけていなければならなかった。前よりいっそう本領を発揮し始めたオオカミばあちゃんが、ぼくらがきちんと仕事をしているか監視《かんし》するために、ちょくちょく小屋のほうへやってきたからだ。ばあちゃんは、いつでも何か感じ悪いことをつぶやいていた。舌打ちしたり、うんざりしたようなため息をついたりしながら、「しっかり償《つぐな》うことだ」とか、「これで身にしみたろう」、「恥《はじ》を知れ」。そして最後は決まって、母さんへの嫌味《いやみ》でしめくくった。「母親があれだもの、おまえらばかりを責められないがね」。

やがてクリスマス・イブがきて、ぼくたちの罰《ばつ》がようやく終わった。ぼくらはバーサに心をこめてさよならを言い、これが最後と、大佐《たいさ》の家からの道を家に向かって駆《か》けだした。思いっきり大きなブーイングを鳴らしながら。

家に着いてみると、考えられる最高のクリスマスプレゼントが待っていた。モリーが腰《こし》かけていて、戸口を入るぼくらに笑顔を見せてくれたのだ。まだ顔色が悪かったけれど、とにかくもどってきた。三人はまた一緒《いっしょ》だ。

モリーは髪《かみ》を短く切っていた。お下げがないだけで、ずいぶん感じが違《ちが》った。もう少女ではなく、今までと違う美しさがあった。その美しさが、一瞬《いっしゅん》にしてぼくの中に新しい愛、より深い愛を目覚めさせた。


いつでも無意識のうちに、モリーとチャーリーの姿と自分とを比べることで、自分の成長をはかっていたのだと思う。やがて月日を重ねるごとに、二人が自分をおいてずんずん成長してしまうことに気づき、悲しい思いをしていた。ぼくは二人より小さいだけでもなく、足が遅《おそ》いだけでもなかった。体が小さいことや足の遅いのはいやだが、慣れるしかない。問題は、二人とのあいだの差がよりはっきりし、より大きくなることだった。

モリーがビッグガン・クラスに進級すると、違いは決定的になった。ぼくをティドラー・クラスに残して、二人は先に進んでしまった。それでもまだ村の学校に通うあいだは、少なくともいつでも二人の近くにいられたからよかった。一緒に歩いて学校へ行けたし、いつものように一緒に弁当を食べることができた——牧師の家の食料品室で。牧師の奥《おく》さんがレモネードをくれた。そうして三人で一緒に家に帰った。

学校が終わって家まで長い道のりを歩くのは、何よりの楽しみだった。チャーリーの友達もモリーの友達もいない。次の日までは、恐《おそ》ろしいマニングズ先生の姿も見ずにすむし、頭から消していられる。三人で丘《おか》から小川へと野ウサギのように駆けおり、重たい編上靴《あみあげぐつ》を脱《ぬ》ぎすてて痛む足をのびのびさせたい。土手に腰かけ、心地よく冷たい川の水に足をひたして、爪先《つまさき》をぴくぴく動かしていたい。それから、草の葉とキンポウゲが茂《しげ》る原っぱに寝転《ねころ》がって、空を駆けていく雲をながめる。鳴いているノスリを追い、風を打って飛び行くカラス。やがて小川を下って、家路につく。裸足《はだし》で泥《どろ》の上をピチャピチャ歩くと、爪先がむずむずした。

考えてみれば奇妙《きみょう》なものだ。泥の中を歩くのを楽しんだときがあったとは。泥のにおい、泥の感触《かんしょく》がうれしくて浮《う》かれ騒《さわ》いでいたとは。今は、うんざりだ。

そして突然《とつぜん》、あれは十二歳《さい》の誕生日のすぐあとだったが、浮かれ騒ぎが終わりを告げた。チャーリーとモリーが学校を卒業し、ぼく一人が残された。ぼくはビッグガン・クラスに進級して、そのころには担任のマニングズ先生には、恐《おそ》れを通りこした憎《にく》しみをいだくほどだった。毎朝起きるたびに、一日の恐怖《きょうふ》を思っておびえた。

チャーリーもモリーも、大佐《たいさ》のお屋敷《やしき》に働き口を見つけていた。村では、ほとんどの人がお屋敷か大佐の土地の仕事につく。モリーは階下の居間つきのメイドで、チャーリーは犬小屋と馬小屋で猟犬《りょうけん》と馬の世話。チャーリーは犬も馬も大好きだ。モリーは、前ほど遊びに来なくなった。チャーリーと同じで週に六日は仕事だから、ほとんどモリーに会うことがなくなってしまった。

チャーリーの帰りは遅《おそ》かった。父さんがそうだったように。帰ると、父さんのコートかけにコートをかけた。脱《ぬ》いだ編上靴《あみあげぐつ》を外のポーチに置いた。いつも父さんの靴があった場所だ。寒い冬、外から帰ってきてオーブンの下で足を温めた。いつも父さんがしていたように。

あのとき、生まれて初めてチャーリーに嫉妬《しっと》を感じた。ぼくも自分の足をオーブンで温めたかった。チャーリーのように本式の仕事をして、金をかせいで帰りたかった。マカリスター先生のクラスのチビみたいな甲高《かんだか》い声とは違《ちが》う声でしゃべりたかった。それより何より、前みたいにモリーと一緒《いっしょ》にいたかった。前みたいに三人組でいたかった。何もかも前みたいだったらいいのに。だが、すべては変わるものだ。あのとき、それに気づいた。今はもう、充分《じゅうぶん》わかっている。

夜になり、ベッドに並んで寝《ね》ても、チャーリーはただ眠《ねむ》るだけだった。二人で物語を作ることはなくなった。たまにモリーに会うことがあると——会えるのは日曜だけだったが——モリーはいつもどおりぼくにやさしかった。やさしすぎた。どちらかといえば、友達というより小さな母親のような接し方をした。ぼくにはわかっていた。モリーとチャーリーはもう別の世界に住んでいるんだと。

二人は、お屋敷の出来事や噂《うわさ》話をひっきりなしにしゃべっていた。屋敷をうろつきまわるオオカミばばあのこと。そのころには、二人とも「オオカミばあちゃん」と言わず「オオカミばばあ」と呼んでいた。ぼくがオオカミばばあと大佐のゴシップを聞いたのは、あれが初めてだった。チャーリーが言うには、やつらは何年も前からそういう間柄《あいだがら》だったらしい。みんな知っていたことだそうだ。亡《な》くなった大佐夫人がずっと昔にあいつを放り出したのも、それが原因だった。今じゃ、やつらは夫婦気取りだそうだ。もっとも、オオカミばばあはズボン姿でいるが。

あとは大佐のご機嫌《きげん》の話。不機嫌なときは一日じゅう書斎《しょさい》に閉じこもっていること。それから、思いどおりにならないと癇癪《かんしゃく》を爆発《ばくはつ》させるコックのこと。どれも、ぼくの関われない世界だった。ぼくには入れない世界だ。

ぼくは二人の関心を引こうとして、学校の話をした。マニングズ先生が教室のストーブを点《つ》けさせないことが原因で、マカリスター先生とマニングズ先生がものすごい大喧嘩《おおげんか》をした話。マカリスター先生がマニングズ先生に「意地悪」と言った。「意地悪男！」と。そのとおりだ。あいつは校庭の水たまりが凍《こお》りつくまでストーブを点《つ》けさせなかった。ぼくらの指がかじかんで字が書けなくなるまで。あいつはマカリスター先生に怒鳴《どな》り返した。ストーブは自分がそう判断したときに点ける。いずれにせよ、人生に苦しみはついてまわるのだから、子どもたちには苦しみが必要なのだと。

チャーリーもモリーも興味あるふりをして聞いていたが、本当は違《ちが》ったと思う。ある日、小川沿いに歩いていたとき、振《ふ》り返ると、手をつないで牧場を越《こ》えて遠ざかっていく二人の姿が見えた。ぼくらはよく手をつないで歩いた。以前は三人で。そのとき、以前との違いがはっきりわかった。二人の姿を見ていたら胸が苦しくなった。それは怒《いか》りとも嫉妬《しっと》とも違う感情だった。喪失感《そうしつかん》。深い深い悲しみだった。

それでもたまに、昔のような三人組にもどる瞬間《しゅんかん》があった。そんな機会はだんだん減って、めったになくなっていたが。

あの黄色い飛行機の事件は忘れられない。あのとき、生まれて初めて飛行機を見た。飛行機について聞いたことはあったし、写真や絵で見たこともあった。けれど、あの事件の日までは実際に存在するという実感がなかった。ほんとに飛ぶとも思っていなかった。百聞《ひゃくぶん》は一見《いっけん》にしかず。

モリーとチャーリーとぼくは小川で釣《つ》りをしていた。小さなトゲウオか、うまくすればブラウントラウトがかかるかもしれない。もうサケの密漁はやめていた。母さんと約束したから。夏の夕暮れどきで、そろそろ家に帰ろうとしていた。そのとき、はるか遠くにエンジンの音が聞こえた。最初は大佐《たいさ》の自動車だと思った。あたり何キロにわたって、自動車といえば大佐のロールスロイス以外には一台もなかったからだ。

けれど、そのエンジン音は全然違うようだった。まるで、何千匹《びき》ものハチがひっきりなしにブンブン羽を鳴らしているような音。だいいち、その音は道路からではなく、頭の上のずっと高いところから聞こえてくる。小川の上流では、あわてたアヒルの一群が飛び立とうとして、ガァーッガァーッ、バシャンバシャン大騒《おおさわ》ぎしている。ぼくらは空を見ようと、木陰《こかげ》から飛び出した。

飛行機だった！　飛行機が一機、上空で輪を描《えが》いて飛ぶのを、うっとりして見ていた。少し形の悪い黄色い鳥のようだった。幅《はば》の広い大きな翼《つばさ》が、ぐらぐらゆれていた。ゴーグルをかけたパイロットが操縦席からこちらを見下ろしているのがわかった。夢中になって手を振ると、向こうも手を振ってくれた。やがて飛行機は高度を下げ、さらに低く降りてきた。牧場の牛たちは散りぢりに逃《に》げ出した。飛行機は地上に降りると機体をはずませ、ドスドスと地面を走って、ぼくらからほんの五十メートルほどのところで止まった。

パイロットは操縦席に座ったままで、手招きをした。そばに行くと、「エンジンかけっぱなしのほうがいいんだ！」と、エンジンの音に負けずに大きな声で怒鳴《どな》った。ゴーグルを持ち上げると、笑顔が見えた。「こいつ、機嫌《きげん》が悪いとかからないからさ。実はちょっと進路を間違《まちが》えたらしくてね。あの丘《おか》の上にある教会はラップフォード教会かい？」

「違うよ。イディズリーのセントジェイムズ教会」チャーリーが怒鳴り返した。

パイロットは地図を見て、「イディズリーだって？　ほんとかよ！」

「ほんとだよ」三人でそう怒鳴った。

「うへぇ！　それじゃあ、やっぱり違うな。ここで降りてよかったよ。サンキュー、助かった。さて、行かなきゃ」

それからゴーグルをかけると、ぼくらに笑いかけた。そうして「ほら、ハッカ飴《あめ》」と、手を突《つ》き出してチャーリーに飴を一袋《ふくろ》渡《わた》した。「じゃあな。離《はな》れて。さあ行くぞ！」かけ声とともに、飛行機は生垣《いけがき》のほうに向かって、がたがた動きだした。エンジンがプスプス音をたてる。ぼくは、うまく飛びこせないんじゃないかと思った。けれど、ぎりぎりで間に合った。ちょうど離陸《りりく》したときに、機体の下の車輪が生垣をかすっててっぺんを削《けず》って飛んだ。

それから急旋回《きゅうせんかい》して、こっちへ向かって降りてきた。ぼくらは逃《に》げるひまもなく、草むらに突っ伏《ぷ》した。飛行機が上を飛んだ瞬間《しゅんかん》、背中の上を爆風《ばくふう》が吹《ふ》きぬけるのを感じた。

あおむけに転がったときにはもう、飛行機は木々の上をぐんぐん上がっていくところだった。パイロットが笑って手を振《ふ》っているのが見えた。そしてイディズリーの教会の塔《とう》を飛びこえ、はるか彼方《かなた》へ飛んでいった。飛行機は行ってしまった。飛行機が去った静けさの中で、残ったぼくらだけが息を止めて寝転《ねころ》がっていた。

それからしばらくのあいだ、長い葉の茂《しげ》る草むらに寝そべり、ハッカ飴をなめながら、一羽のヒバリが舞《ま》い上がるのをながめていた。飴はチャーリーが五つずつ分けてくれた。ジョー兄ちゃんにも五つ残して。

「ほんとよね？　あれ、ほんとだったわよね？」モリーが大きく息を吐《は》きながらそう言うと、

「ハッカ飴もらったもん。これが証拠《しょうこ》だろ？」と、チャーリーが答えた。

「これから先ハッカ飴を食べるたびに、それからヒバリを見るたびに、さっきの黄色い飛行機のことを思い出すでしょうね。あたしたち三人のことも。今のこの気持ちも」

モリーの言葉に、「ぼくも」と、ぼく。「おれも」と、チャーリー。

村のほとんどの人たちが、あの飛行機を見ていた。けれど、着陸した場所にいたのはぼくら三人だけだった。パイロットと言葉を交わしたのもぼくらだけ。ぼくは得意だった。得意になりすぎていた。学校で繰《く》り返しその話をした。尾《お》ひれをつけて幾通《いくとお》りもの話を作って語った。

自分の話を信じさせるために、証拠《しょうこ》としてみんなにハッカ飴《あめ》を見せた。

たぶん誰《だれ》かが告げ口をしたんだろう。何もしていないのにマニングズ先生がぼくの席にまっすぐ向かってきて、ポケットの中のものを出せと言った。そして、残りの大事なハッカ飴三粒《つぶ》を取りあげた。それから耳をつかんで教室の一番前に連れていかれ、定規で六回ぶたれた。独特のやりかたで、定規の角がちょうどこぶしの関節の上に当たるようにぶつのだ。その罰《ばつ》を受けているあいだ、あいつの目をにらみつけてやった。そんなことで痛みが減りやしないし、やつが自分の行動を後ろめたく思うわけなどないけれど。それでも反抗的《はんこうてき》態度がとれたから、少しは胸がすく思いで自分の席にもどった。


その晩、ベッドに入ってもまだ両手がずきずき痛んだ。学校でひどい目にあったことをチャーリーに聞いてもらいたくてたまらなかったが、学校の話にはもう興味がないのがわかっていたから、言わなかった。でも、ベッドの中で手の傷がうずき、取り上げられたハッカ飴を思えば思うほど、チャーリーに話したい気持ちがつのった。呼吸《こきゅう》の音から、チャーリーもまだ起きているのがわかった。今こそ父さんのことを話す機会だと思いついた。森の中で、ぼくが父さんを死なせてしまったこと。それならチャーリーも耳を貸してくれるかもしれない。

話そうとした。だが、やっぱり勇気がなくて言えなかった。それで結局、マニングズ先生にハッカ飴を取りあげられた話をした。「あいつ、大っ嫌《きら》いだ。飴でも食って窒息《ちっそく》しやがれ」

話しながら、チャーリーが少しも聞いていないのがわかった。

「トモ、おれ困ったことになった」

「えっ？　どうしたの？」

「大変なことをしちまった。でも、しようがなかったんだ。バーサを覚えてる？　白いフォックスハウンドだよ。お屋敷《やしき》の犬。おれたちのお気に入りだった」

「覚えてるよ」

「そう、あれからずっとかわいがってた。ところが今日の午後、大佐《たいさ》が犬小屋に来て言ったんだ――バーサは銃殺《じゅうさつ》しなきゃならないって。理由を聞くと、だいぶ年とってきたから。足がのろくなって、狩《か》りに出るたびにバーサだけが遅《おく》れて、しまいには迷子《まいご》になるんだってさ。もう猟犬《りょうけん》としては役立たずだ。価値がないんだと。おれは殺さないでと頼《たの》んだよ、トモ。バーサのことが大好きだからって。『大好きだ？』。大佐はおれをあざ笑った。『大好きだと！　おまえが好きの何のと言える立場か？　めめしい言い草だ。いいか、坊主《ぼうず》、やつは口もきけない、ただの獣《けもの》だぞ』。トモ、おれは一生懸命《けんめい》お願いしたよ。殺すなんて許されないって言った。それが気にさわったらしい。どの犬も自分の猟犬だから、いつでもそうしたいときに銃殺する。これ以上一言も口をはさむなって怒《おこ》った。それで、おれがどうしたと思う、トモ？　バーサを盗《ぬす》み出した。暗くなってから連れて逃《に》げたんだよ。見つからないよう、木陰《こかげ》に隠《かく》れながら」

「今、どこにいるの？　どこに連れてったの？」

「父さんが使ってた古い小屋を知ってるだろ？　フォードの森にある。夜のあいだあそこに隠した。食べ物も置いてやったよ。モリーが調理室から肉を少し持ち出してくれたから。あそこにいれば大丈夫《だいじょうぶ》さ。うまくすれば、鳴き声も聞かれない」

「でも、明日はどうするの？　いないのが大佐《たいさ》にわかったら？」

「どうしよう、トモ。どうしたらいいんだ」

二人とも、それから一睡《いっすい》もできなかった。ぼくはベッドに身を横たえて、一晩じゅうバーサの鳴き声に耳をすませていた。うとうとするたびにバーサの声がする気がして、そのとたんに目が覚めた。だがよく聞いてみれば、それは甲高《かんだか》いキツネの鳴き声か、窓のすぐ外で鳴くフクロウの声だった。

午前〇時二十四分

ここではキツネの姿を見ない。それは無理もない。だが、フクロウの声は聞こえる。こんな状態のところでどうやって鳥が生きていられるのか、見当もつかない。無人地帯の上をヒバリが飛んでいたこともある。それを見るたびに希望がわいたものだ。

「すぐ感づくだろうな」明け方、ベッドの中でチャーリーがつぶやいた。「バーサがいないと知れば、大佐《たいさ》はおれの仕業《しわざ》だと感づく。どこにいるか教えるもんか。どんなことをされようと、言わないよ」

　朝食のあいだ、チャーリーとぼくは無言だった。嵐《あらし》が巻き起こらないようにと願いながら、一方では遅《おそ》かれ早かれ一荒《ひとあ》れくるのがわかっていた。ジョー兄ちゃんも、何か問題が起こっているのを察していた。不安や心配事があれば必ず感じ取るから。ジョー兄ちゃんは体を前後にゆすってばかりいて、朝ご飯に手をつけなかった。それで、母さんも何か変だとわかったんだ。ひとたび母さんに怪《あや》しいと思われたら、秘密を守り通すことなどできない。しかも、ぼくらは隠《かく》し事がへただった。その朝に限らず。

「モリーが来るの？」母さんがさぐりを入れた。

そのとき、玄関《げんかん》を乱暴にたたく音がした。すぐに母さんは、来たのがモリーでないことがわかった。モリーにしては時間が早いし、そんなたたき方はしない。それに、たぶん母さんには、チャーリーとぼくの顔つきを見て、ぼくらがありがたくない来訪者を覚悟《かくご》しているのがわかったんだと思う。恐《おそ》れていたとおり、大佐《たいさ》だった。

母さんが家に入るよう勧《すす》めた。大佐は戸口に立ったまま、ぼくらをにらみつけた。くちびるを噛《か》み、怒《いか》りで顔が真っ青だった。

「ピースフルさん、何の用で来たかおわかりだろうな」

「いいえ、大佐。わかりません」母さんが答えた。

「小悪魔《こあくま》め、まだ言ってないな」

大佐は、手にした杖《つえ》をチャーリーに向かって振《ふ》りながら怒鳴《どな》りだした。その大声に、ジョー兄ちゃんが母さんの手にすがりついてすすり泣きを始めた。

「あんたんとこの坊主《ぼうず》は、とんでもない盗人《ぬすっと》だ。まずはうちの川でサケを密漁。今度は雇《やと》われ、信頼《しんらい》を守るべき立場でありながら、うちの猟犬《りょうけん》を盗み出した。違《ちが》うとは言わせないぞ、坊主。おまえの仕業《しわざ》に決まってる。犬をどこへやった？　ここにいるのか？　どこだ？」

母さんが、説明を求めてチャーリーを見た。

「撃《う》ち殺すって言ったんだ、母さん。だから、しょうがなかったんだ」チャーリーが早口で言った。

「ほら見ろ！　認めたぞ、認めたぞ！」大佐ががなりたてた。

ジョー兄ちゃんが声をあげて泣きだしたので、その頭をなでてなだめながら母さんが聞いた。

「それで、助けようとして連れ出したの、チャーリー？　そうなのね？」

「はい、母さん」

「そう。いけないことだわ、チャーリー。そうでしょ？」

「はい、母さん」

「大佐に、その犬の隠し場所を言う気がある？」

「いいえ、母さん」

母さんはほんのしばらく考えてから、「そうだと思ったわ」と言うと、大佐の顔をまっすぐ見て切り出した。「大佐、もしかしたら、その犬はもう役に立たないと——猟犬としてですけど、そう思われて銃殺《じゅうさつ》しようとされたということでしょうか？」

「そうだ。だが所有する動物をどうしようが、その理由が何だろうが、あんたにはいっさい関係のないことだ、ピースフルさん。あんたに説明する必要はない」

答える母さんの声はおだやかで、どちらかといえば感じよいぐらいだった。

「おっしゃるとおりですわ、大佐《たいさ》。ただ、いずれにせよその犬を銃殺するおつもりでしたら、私《わたし》がその犬を引き受けて面倒《めんどう》をみてもかまいませんよね？」

「ああ、何なりと勝手にすればいい。食おうがどうしようが、かまわん。だが、あんたのところの坊主《ぼうず》は、あの犬を盗《ぬす》んだ。それに対して罰《ばっ》さずにはおかない」

大佐はそう言い放った。

母さんはジョー兄ちゃんに、マントルピースの上のお金を貯めたマグを持ってくるように言った。そして、マグから出したコインを大佐に差し出し、静かに話しかけた。

「六ペンス支払《しはら》います、大佐。その犬を六ペンスで買い取ります。役に立たない犬なら、悪くない値段でしょう。これで、盗んだことにはなりませんね？」

大佐はあきれて、ものも言えなかった。手の中のコインから母さんの顔、チャーリーの顔へと目を移した。しばらく大きな息をしていたが、ようやく落ち着きを取りもどすと、チョッキのポケットにコインをしまい、杖《つえ》の先をチャーリーに向けた。

「よろしい。だがしかし、おまえはもはや雇《やと》い人ではないからな」

大佐はそう言ったきり回れ右をし、ドアをバタンと閉めて出ていった。ぼくらは家の前の小道をもどっていく大佐の靴音《くつおと》を、そして門の扉《とびら》がきしむ音を聞いていた。

チャーリーとぼくは気も狂《くる》わんばかりに喜んだ。ほっとした安心感、そして何より感謝の念と感嘆《かんたん》の気持ちでいっぱいだった。うちの母さんは、たいした母さんだ！　ぼくらは、うれしさのあまり大声で叫《さけ》びだしていた。ジョー兄ちゃんもすっかり機嫌《きげん》が直り、台所じゅうを飛び跳《は》ねながら「オレンジとレモン」を歌いまくっていた。

「何でそんなに手放しで喜んでいられるんでしょうね。チャーリー、あなた、仕事を首になったこと、わかってるの？」

ようやく静まったところで母さんがそう言うと、チャーリーは、

「かまうもんか。あんな鼻つまみ仕事なんて真っ平だ。ほかを探すよ。母さんが、あの屁《へ》こきじじいを追っぱらってくれた。バーサはおれたちのものさ」

「ところで、その犬はどこにいるの？」母さんが聞いた。

「見せるよ」と、チャーリー。

モリーが来るのを待ち、そろってフォードの森に向かった。小屋に近づくと、バーサの悲しげな声が聞こえてきた。チャーリーが駆《か》けていって、小屋の戸を開けた。するとバーサは飛び

出してきて、うれしそうにクンクン鳴いて、ぼくらの足をしっぽでパタパタたたいた。そして一人ずつに飛びついて、どこもかしこもなめまくった。

けれど、しばらくするうちに、ジョー兄ちゃんのそばを離《はな》れなくなった。ジョー兄ちゃんのあとをついてまわるようになり、夜は同じベッドで眠《ねむ》った。どんなに母さんが反対しても、ジョー兄ちゃんは一緒《いっしょ》に寝《ね》ると言ってきかなかった。ジョー兄ちゃんがいつものリンゴの木に登って、高い枝の上からバーサに歌を歌ってやると、バーサも木の下に座ってヒューヒュー歌うような声をあげるのだった。兄ちゃんが歌いだすと、たちまちバーサが声を合わせる。今やジョー兄ちゃんが一人で「オレンジとレモン」を歌うことはなく、いつでもバーサが一緒だった。何をするにも一緒だった。ジョー兄ちゃんはバーサにご飯をやり、ブラシをかけ、おしっこの始末もした。たとえ池のように大きな水たまりを作ろうとも！　ジョー兄ちゃんは、新しい友達ができて有頂天《うちょうてん》だった。

それからの何週間か、仕事を求めて教区じゅうの牧場をまわったチャーリーは、ようやく村の反対側のコックスさんの牧場で、乳絞《ちちしぼ》りと羊の世話の仕事をさせてもらうことになった。乳絞りをするには夜明け前に自転車で出なくてはならず、帰りも夜遅《おそ》かったので、ぼくは前よりもっとチャーリーと顔を合わせなくなった。

チャーリーは楽しそうだった。羊は少し頭が悪いけど、牛も羊も好きだと言っていた。何よりいいのは、大佐《たいさ》やオオカミばばあが、しょっちゅう首っ玉に息を吹《ふ》きかけに寄ってこないことだと。

けれど、ぼくもチャーリーも、楽しい気分になれないことがあった。モリーがぱったり遊びに来なくなったのだ。母さんによれば、考えられる理由はたったひとつ。誰《だれ》かが――おそらく大佐かオオカミばばあ、または二人そろって――チャーリー・ピースフルは泥棒《どろぼう》だ、だから、ピースフル一家はモリーが訪ねるにふさわしい家ではない、と言ったのだろう。

母さんはチャーリーに、しばらくそっとしておけば、モリーはまたもどってくると言った。けれどもチャーリーは言うことをきかず、モリーの家を何度も訪ねた。モリーの両親は、ノックにも答えなかった。しまいにチャーリーは、ぼくならモリーに会えるかもしれないと、ぼくに手紙を届けさせようと考えた。何としてもモリーに渡《わた》せと、そう言われた。必ず渡さなければならないと。

モリーの母さんは、雷《かみなり》のように怒《おこ》った顔で玄関《げんかん》に出てきた。

「帰った、帰った。わからないのかい？　あんたらみたいなのに、うろつかれたくないんだ。うちのモリーにつきまとうんじゃないよ。あの娘《こ》は、あんたなんかに会いたくないってさ」

それっきり、鼻先でぴしゃりとドアを閉めた。ぼくは、チャーリーの手紙をポケットに入れたまま帰ろうとした。ふと振《ふ》り向くと、窓からモリーが一生懸命《けんめい》に手を振っていた。口の動きで何かを伝えようとしているが、わからない。身振《みぶ》り手振《てぶ》りで丘《おか》の向こうの小川を示す。そのとき、モリーが何を言いたいのか、はっきりわかった。

ぼくは小川まで走っていって、いつも一緒《いっしょ》に釣《つ》りをした木々のかげでモリーを待った。それほど待たないうちにモリーが来た。モリーは何も言わずにぼくの手をとって、土手の下に引っ張っていった。誰《だれ》からも見えない場所に。そして、泣きながら一部始終を話した。大佐《たいさ》が訪ねてきたこと——モリーが聞き耳を立てていると、大佐はモリーの父親に、チャーリー・ピースフルは泥棒《どろぼう》だと言った。噂《うわさ》によれば、チャーリー・ピースフルは、モリーにふさわしくないどころか、悪い影響《えいきょう》を与《あた》えているようだ。父親として少しでも良識があるなら、付き合いをやめさせるべきだと。

「それで父さんは、もうチャーリーに会ってはいけないって言うの。チャーリーの家の誰とも会うなって」モリーは、涙《なみだ》をふきふき語り続けた。「あんたたちに会えなくて辛《つら》いわ、トモ。チャーリーがいないお屋敷《やしき》の仕事がいやでしょうがない。家にいるのもいやよ。父さんは、チャーリーに会ったらあたしを折檻《せっかん》するって言うの。チャーリーがあたしに近づこうものなら、銃《じゅう》を持ち出すって。本気よ」

「なんで？　どうしてそんなに？」ぼくは聞かずにいられなかった。

「父さんはいつもそうなの。あたしはいけない子で、罪深く生まれついたんですって。母さんが言うには、あたしが地獄《じごく》に落ちないように救おうとしてるだけなんだって。父さんはいつも地獄の話をしてる。ねえトモ、あたしは地獄に落ちたりしないわね？」

とっさに体が動いていた。ぼくはモリーのほうにかがんで、その頬《ほお》にキスをした。するとモリーはぼくの首に両腕《うで》をまわして、胸も張り裂《さ》けんばかりに泣きだした。

「チャーリーに会いたい。会いたくてたまらないわ」

そのときやっと、手紙を渡《わた》すのを思い出したんだ。モリーはすぐさま封《ふう》を切った。あっという間に読み終えたのを見ると、短い手紙だったんだろう。

「いいわって伝えて。いいわ」そう言うモリーの目は、輝《かがや》きを取りもどしていた。

「それだけ？」好奇心《こうきしん》と、困惑《こんわく》と、嫉妬《しっと》とが入りまじって言葉になった。

「そう。明日、同じ時間に同じ場所で。あたし、返事の手紙を書いておくから、チャーリーに届けてね。いいでしょ？」モリーは立ち上がり、ぼくを引っ張り起こした。「大好きよ、トモ。二人とも大好き。ジョー兄ちゃんも。それからバーサも」

そう言うと、さっとキスをして行ってしまった。

それが、そのあとの何週間、そして何ヵ月ものあいだぼくが配達した何十通という手紙の最初の一通だった。チャーリーからモリーへ、モリーからチャーリーへ。卒業までの日々は、こうして二人のあいだの郵便配達で過ぎた。別にいやではなかった。なぜなら、しょっちゅうモリーに会う機会ができたから。それは、ぼくにとって大事なことだった。チャーリーに言われて、手紙のことは絶対の秘密にした。母さんにも誰《だれ》にも言わないと、聖書に手を置いて誓《ちか》わされた。胸で十字を切り、命を賭《か》けた。

モリーとぼくは、ほとんど毎晩のように落ち合い、小川のほとりの同じ場所で手紙を交換《こうかん》した。あとをつけられないように充分《じゅうぶん》気をつけて。ぼくらはそこに座って語り合い、貴重なひとときを過ごした。木々の枝葉を通して雨のしずくが降りかかる日もあった。強風が吹《ふ》き荒《あ》れ、頭上の木が倒《たお》れてくるんじゃないかと心配になった日には、命からがら牧場を突《つ》っ切り、干し草の山の下にもぐりこんで、二匹《ひき》のおびえたウサギのように震《ふる》えた。

あの干し草の下で、戦争のニュースを初めて聞いた。

モリーの話題は、全部ではないが、ほとんどがチャーリーだった。チャーリーのことばかり聞きたがった。ぼくは気にしないふりをしたが、本当は傷ついた。だから、モリーが、近ごろお屋敷《やしき》で話題になっているというドイツとの戦争のことを話し始めたときには、とてもうれしい気がした。遅《おそ》かれ早かれ戦争になると、誰《だれ》も彼《かれ》もが考えているそうだ。モリーは、新聞を読んでいるから間違《まちが》いないと言った。

モリーによれば、毎朝「タイムズ」にアイロンをかけて大佐《たいさ》の書斎《しょさい》に持っていくのは自分の仕事。大佐が、新聞が乾《かわ》いてパリっとしていないと読むときにインクが指につく、と言うからだ。この戦争について、難しいことはよくわからない。ただ、どこかの大公——大公って何のことだか知らないけれど、その人がサラエボという場所——どこだか知らないけれど、そこで撃《う》たれたそうだ。それで、ドイツとフランスが国同士いがみあうことになった。両国は戦闘《せんとう》に備えて軍隊を集めている最中だ。こうなるとイギリスも近々巻きこまれるという。フランスに味方してドイツと戦わなければならないそうだ。理由はよく知らないけれど。

モリーにとって、戦争は単なる話題以上に大きな問題らしかった。とにかく、おかげで大佐の機嫌《きげん》がひどく悪く、お屋敷では戦争そのものより大佐のご機嫌にびくびくしているそうだ。それでも、この二、三日のオオカミばばあ——今ではぼくらだけでなく、みんながオオカミばばあと呼んだ——に比べれば、大佐はまだまだ子ヤギのようなもの。自分のお茶に、砂糖でなく塩を入れた者がいるというのだ。それも、わざと。そりゃそうでしょうね、とモリー。犯人を必ず見つけ出すと、オオカミばばあは見境なく怒鳴《どな》り、わめき散らしている。見つかるまでは全員が犯人扱《あつか》いだそうだ。

「モリーがやったの?」ぼくが聞くと、

「そうかもしれないし、違うかもしれない」と、にっこりした。

思わずまたキスしたくなった。でも、できなかった。それがぼくの欠点だ。いつでも思い切ったことができない。

学校を卒業するまでには、母さんが全部お膳立《ぜんだ》てしてくれていた。ぼくはコックスさんの牧場で、チャーリーと一緒《いっしょ》に働くことに決まった。コックスさんは長年牧場をやっているが、男の子がいないので、手伝いを欲しがっていた。

チャーリーによれば、コックスさんは飲むのが好きだそうで、実際ほとんど毎晩パブにいた。ビールとスキットルズ（ボールを転がして八～九本のピンを倒《たお》すゲームで、ボウリングの原型ともされる）が大好きで、歌うのが好き。古い歌をたくさん知っていた。歌は全部頭に入っているが、二杯《はい》目のビールを飲まないと歌いださない。だから、牧場では歌ったことがなかった。牧場では、どちらかといえば気難しいほうだけれど、コックスさんは公平な人だった。いつでも公平だった。

はじめはおもに馬の世話をした。ぼくにとって、それ以上のことはなかった。チャーリーとまた一緒にいられる。牧場で共に働ける。そのころぼくは成長期で、背の高さはほとんど追いついていたが、まだ足はチャーリーより遅《おそ》く、力でも勝てなかった。チャーリーはときどき威《い》張《ば》るようなこともあったが、気にしなかった。結局それがチャーリーの役目だから。

ぼくらの関係は変わっていた。もうチャーリーは、ぼくを子ども扱《あつか》いしなかった。それがうれしかった。とてもうれしかった。

今や新聞は、始まったばかりの戦争の記事でいっぱいだった。だが、軍から村に人が来て、騎兵隊《きへいたい》用に農耕馬をたくさん買っていくこと以外は、自分たちには接点のない世界だった。まだ、そのときは。

ぼくは、相変わらずチャーリーの郵便配達であり、モリーの郵便配達だった。以前ほどではないが、モリーにはしょっちゅう会えた。なぜか、二人の手紙のやりとりは、前より間隔《かんかく》があくようになっていたようだ。けれど、少なくともぼくは週のうち六日はチャーリーと一緒に仕事をしていたから、ある意味で、また三人の絆《きずな》ができたようなものだった。手紙を通じて。

ある日、その絆がみじめにも壊《こわ》れた。ぼくの心は砕《くだ》け散り、それぞれの心が粉々になった。

チャーリーとぼくは、コックスさんの牧場で干し草作りをしていた。頭上の空には、若いノスリが一日じゅう舞《ま》い飛んでいた。刈《か》り取った草をかすめてツバメが飛び交い、やがて影《かげ》が伸《の》びて、夕闇《ゆうやみ》が訪れた。家に帰り着いたのはいつもより遅く、ぼくらは、ほこりまみれで疲《つか》れきり、腹ぺこだった。

家に入ると、母さんがきちんと椅子《いす》に腰《こし》かけて縫《ぬ》い物をしていた。その前にモリー、そして驚《おどろ》いたことにモリーの母親がいた。部屋の中の誰《だれ》もが、モリーの母親と同じような険《けわ》しい顔をしていた。ジョー兄ちゃんも、モリーも。モリーは、目を真っ赤に泣きはらしていた。外の薪《まき》小屋では、犬のバーサが不吉《ふきつ》なことを予感するように鳴いている。

「チャーリー」母さんが、縫《ぬ》い物をわきに置いて口を切った。「モリーのお母さんがお待ちかねよ。あなたにお話があるそうなの」

「あんたのだね」

そう言うモリーの母親の声は、石のように固かった。そしてチャーリーに、青いリボンでくくった手紙の束《たば》を渡《わた》して言葉を続けた。

「あたしが見つけた。読ませてもらったよ、ひとつ残らず。モリーの父親も読んだ。だから、もうわかってるんだ。何もかもわかってる。違《ちが》うとは言わせないよ、チャーリー・ピースフル。証拠《しょうこ》はここ、この手紙にある。モリーには父親が罰《ばつ》を与《あた》えたよ。こんな汚《けが》らわしいもの、初めて見た。まったく。愛してるの何のって。ぞっとするよ。しかも、こそこそ会ってるんだろう？　え？」

チャーリーがモリーと目を合わせた。二人の顔がすべてを語っていた。ぼくは悟《さと》った。裏切られていたことを。

「ええ」と、チャーリー。

チャーリーの言葉が信じられなかった。そんなこと、ぼくは聞いてない。ぼくに内緒《ないしょ》で会ってたんだ。二人ともぼくに内緒にして。

「それごらん。言ったとおりだ、ピースフルさん」とモリーの母親。怒《いか》りに声が震《ふる》えていた。

「すみませんが、なぜ二人が会ってはいけないのか、言ってもらえません？　チャーリーは十七、モリーは十六歳《さい》。充分《じゅうぶん》大人だわ。私《わたし》やあなただって、この年頃《としごろ》には、そこらでちょっとしたデートをしたものじゃないですか」

「それは、あんたのことだろ、ピースフルさん」モリーの母親は、ばかにしたように冷たく言った。「ともかくうちでは、この二人にはっきり言ったのさ。会うことも何もかも禁止すると。不道徳な。不道徳極まりないよ、奥《おく》さん。大佐《たいさ》が警告してくれたのさ。あんたのせがれがしでかした不道徳な盗《ぬす》みの行為《こうい》についてね。そうさ、そいつのことはお見通しなんだから」

「あら、そう？　いつでも何でも大佐の言いなりなんですか？　何だって大佐の考えるとおりに考えるのかしら？　大佐が地球が平らだと言っても信じます？　それとも脅《おど》されたのかしら？　あの方、脅しがお上手だから」

モリーの母親は、憤然《ふんぜん》として立ち上がった。「こっちは、くどくど言い争うために来たんじゃないよ。あんたのせがれの行状を知らせに来たのさ。うちのモリーを不道徳と罪に満ちた道へ踏《ふ》みこませるな、と言いに来たんだ。金輪際《こんりんざい》モリーと会うんじゃないよ。聞こえたかい？それを破れば大佐に言うよ。言っとくけど、大佐に知らせるからね。これ以上言うことはない。さあ、おいでモリー」

そして、モリーの手をきつくつかんで出ていった。あとに残ったぼくらは、互《たが》いに顔を見合わせて、まだ吠《ほ》え続けているバーサの声を聞いていた。

「さあ、みんな、ご飯にしましょうね」少しして、母さんが言った。

その晩、ぼくはチャーリーと並んでベッドに横たわりながら、一言もしゃべらなかった。怒《いか》りと恨《うら》みでいっぱいで、もう一生チャーリーとは口をきくものかと思っていた。モリーにさえ口をききたくない。

チャーリーが沈黙《ちんもく》を破った。「なあトモ、確かにおまえに言っておくべきだった。モリーは、おれから話すべきだって言ってたんだ。でも、言いたくなかった。言えなかった」

「どうして？」

聞いたものの、答えはしばらく返ってこなかった。

「知ってたから。モリーも知ってる。だから、モリーからおまえには言えなかった」

「知ってるって、何を？」

「手紙のやりとりだけのあいだは何てことなかったけど。でも、二人で会うようになると……ほんと言って、おまえに隠《かく》すつもりはなかったんだ、トモ。ほんとだよ。ただ、おまえを傷つけたくなかった。おまえ、モリーを愛してるだろう？」

ぼくは答えなかった。答える必要もなかった。

「そう、おれもだ、トモ。なぜモリーに会いたいか、おまえならわかるだろう？　あのばばあが何と言おうと、会う方法を見つけてやるさ」

そのあと、ぼくに向き直って言った。「仲直りしてくれる？」

「ああ、仲直り」ぼくはそうつぶやいたが、心は裏腹だった。

そのことがあって以来、二人のあいだでモリーのことはいっさい話さなかった。ぼくが聞かなかったのは、知りたくなかったから。考えたくなかった。でも考えずにいられなかった。ほかのことなど何も考えられないほどに。


理由はわからなかったが、それから少したったころから、バーサがときどき姿を消すようになった。それまでは勝手に出かけることなどなく、バーサはいつでもジョー兄ちゃんのそばにくっついていた。それまでは、ジョー兄ちゃんのいるところに行けば必ずバーサがいたのに。バーサの姿が見えなくなるたびに、ジョー兄ちゃんは心配して大騒《おおさわ》ぎをした。バーサは自分からふらりと帰ってくるときもあり、探しに行った母さんとジョー兄ちゃんが、どこかで泥《どろ》にまみれてぐっしょり濡《ぬ》れ、息をはずませているバーサを見つけることもあった。問題は、バーサが羊や雌牛《めうし》を追いかけていやしないかということだ。そうだとすれば、牧場主や地主に撃《う》たれてしまう。私有地《しゆうち》に侵入《しんにゅう》する犬は、家畜《かちく》を脅《おびや》かす敵として撃たれることになっている。幸い、バーサは羊を追いかけているようには見えなかったし、それほど長く、遠くまで放浪《ほうろう》しているようでもなさそうだった。

ぼくらは、バーサが行方をくらまさないようにと、いろいろな工夫をした。母さんは、バーサを薪《まき》小屋に閉じこめてみた。でも、バーサが吠《ほ》えるので、ジョー兄ちゃんがかわいそうに思って出してしまった。次に、つないでおくようにした。けれど、ロープを嚙《か》んで絶え間なく鳴くから、かわいそうになったジョー兄ちゃんが、やはりほどくことになった。

そんなある日の午後、またバーサの姿が見えなくなった。今度はいつまでも帰ってくる気配がない。どこにも見当たらなかった。チャーリーが出かけていたので、母さんとジョー兄ちゃんが川のほうまで探しに行き、ぼくが口笛を鳴らしてバーサを呼びながら森を探した。フォードの森には鹿《しか》がいるかもしれないし、アナグマやキツネもいるかもしれない。だから、バーサが行きそうな気がした。

一時間以上探しても、影《かげ》も形もなかった。もうあきらめて帰ろうと思った。今ごろはもう家にもどっているんじゃないか——そう思ったとき、谷の向こうから一発の銃声《じゅうせい》がひびいた。森をさらに上がったほうから聞こえた。ぼくは小道を駆《か》けのぼった。垂れ下がる枝をかわし、アナグマの穴を飛びこえ、心配で胸が張り裂《さ》けそうになりながら。しかし、すでにある程度の予想がついていた。

丘《おか》を登ると、父さんの古い番小屋の煙突《えんとつ》が正面に見えてきた。やがて、空き地のわきの小屋そのものが見えた。小屋の外にバーサが倒《たお》れていた。赤い舌をだらりとたらして。あたりの草が血で濡《ぬ》れていた。バーサを見下ろして、大佐《たいさ》が立っていた。肩《かた》に猟銃《りょうじゅう》をかけて。

小屋の戸が開いて、チャーリーとモリーが現れた。驚《おどろ》きと恐怖《きょうふ》に凍《こお》りついた顔で立ちつくしている。モリーがバーサに駆け寄り、その場にひざまずいた。

「どうして?」大佐を見上げたモリーが叫《さけ》んだ。「どうして?」

午前〇時五十五分ごろ

細い三日月が出ている。若い月だ。家のみんなも見ているだろうか。バーサが月に向かって吠《ほ》えたことを思い出す。ポケットにコインがあれば、裏返して願いをかけるのだけれど。小さいころは、そんな古い言い伝えを本気で信じていた。今でも信じられればいいのに。

そんなことを思っていてはだめだ。月に願ってもしようがない。不可能なことを願ってもしようがない。願うな、トモ。思い出そう。実際にあったことを。

その日のうちにバーサを埋葬《まいそう》した。いつもジョー兄ちゃんがペットの生き物を埋《う》める場所、ずっと前ネズミを埋めた果樹園の奥《おく》のあの場所に。今度は誰《だれ》もお祈《いの》りをしなかった。花も供えなかった。歌も歌わなかった。なぜか、誰もそういう気持ちにならなかった。たぶん怒《いか》りが大きすぎて、悲しみにひたれなかったんだろう。

埋葬してから木立を抜《ぬ》けて帰るときに、ジョー兄ちゃんが頭上を指して、母さんに、バーサはもう父さんと一緒《いっしょ》に天国に昇《のぼ》ったのかと聞いた。母さんがそうだと答えると、

「ぼくたちも？　かあちゃん、死んだらみんな天国に行く？」ジョー兄ちゃんが聞いた。

すると、チャーリーが小声で、「大佐《たいさ》以外はね。やつはずっと下の、やつの居場所へ落ちる。そして焼かれる」

母さんは、たしなめるようにチャーリーをにらみ、ジョー兄ちゃんの肩《かた》を抱《だ》いて言った。

「そうよ、ジョー。バーサも天国に行ったの。今は幸せにしてるわ」

その晩、ジョー兄ちゃんがいなくなった。はじめは誰もそれほど心配しなかった。少なくとも明るいうちは。ジョー兄ちゃんは、ときどき一人っきりで歩きまわることがあったから。よく、そういうことがあった。しかし、夜となれば別だ。ジョー兄ちゃんは暗がりを怖《こわ》がる。

最初に思いついたのは、果樹園の奥のバーサのお墓だった。だが、そこにはいなかった。みんなで名前を呼んだが、出てこない。やがて、あたりが真っ暗になってもまだ家に帰らないので、これは何か間違《まちが》いがあったと思い始めた。

母さんは、チャーリーとぼくを別々の方向に探しに出した。ぼくは道に沿って、ジョー兄ちゃんを呼びながら歩いた。川まで行き、立ち止まって兄ちゃんの重い足音がしないか、歌声が

聞こえないかと、耳をすませた。怖《こわ》がっているときの歌は、いつもと違《ちが》う。メロディーも歌詞もなくて、ただむせび泣くような低い声で歌う。だがその声も聞こえず、ひびいているのはただ、夜になると決まって大きな音に聞こえる川の流れの音だけだった。もうあたりは真っ暗だから、ジョー兄ちゃんはさぞかし怖い思いをしているだろう。ぼくは家に向かってもどりながら、チャーリーか母さんが見つけてくれていればいいがと願った。

家に入るなり、どっちも兄ちゃんを見つけていないのがわかった。ぼくが入っていくと、二人とも期待をこめてぼくを見た。ぼくは頭を振《ふ》った。

母さんが沈黙《ちんもく》を破り、次にとるべき方法を口にした。それだけは、母さんにしてほしくないことだった。母さん自身だってそうだ。でもそれしかないと、母さんが言った。肝心《かんじん》なのはジョー兄ちゃんを見つけること。もっと人手がいる。だから自分はこれからお屋敷《やしき》に行き、大佐《たいさ》に助けを頼《たの》んでくる。チャーリーとぼくは、村に行って非常事態だと知らせるようにと。

村の人に知らせるにはパブに行くのが一番だと、わかっていた。夕方なら、村人の半数が〈ザ・デューク〉にいる。パブに行ってみると、歌を歌って盛り上がっている最中だった。コックスさんが大声を張りあげて歌っていた。

チャーリーが事情を話し始めると、ざわめきと歌声が消えていった。一通り説明を終えるころには、店じゅうの客がしんと静まり返って、耳をそばだてていた。聞き終わると、ためらう者などいなかった。男たちはてんでに帽子《ぼうし》をかぶり、上着をはおると、自分の家、牧場、庭、小屋の周辺を調べに出ていった。教区牧師は、村の中を探す捜索隊《そうさくたい》を組織するために、できるだけの人数を村の集会所に集めようと言った。そして、ジョー兄ちゃんが見つかったら、合図に教会の鐘《かね》を鳴らすことに決まった。

みんなが〈ザ・デューク〉の外の闇《やみ》に散らばったころ、モリーが走ってきた。ジョー兄ちゃんのことをたった今聞いたと。教会の墓地にいるかもしれないとモリーが思いついた。何でそこに気づかなかったんだろう。ジョー兄ちゃんのお気に入りの場所だ。

ぼくら三人は、墓地に急いだ。そして名前を呼び、ひとつずつの墓石の後ろを探し、木を一本ずつ見上げて調べた。兄ちゃんはどこにもいない。聞こえるのはただ、イチイの梢《こずえ》を吹《ふ》きすぎる風のため息だけ。見えるのはただ、村のそこらじゅうで、そして谷に沿ってゆらめき動く灯火《とうか》だけだった。さらにその向こう、暗い地平線近くまで、どこもかしこもチラチラする光が動きまわっていた。それで、母さんの頼みを大佐が聞き届け、使用人、雇《やと》い人を動員してくれたことがわかった。

夜が明けるころになってもまだ、ジョー兄ちゃんの手がかりはまったくなかった。大佐は警察を呼んだ。時間がたつにつれて、すべての状況《じょうきょう》がひとつの恐《おそ》ろしい結末を示し始めた。ぼくらは警察官たちが池や川を長い棒でさぐるのを見ていた。ジョー兄ちゃんが泳げないのは村じゅうの人が知っている。ぼくはそのとき初めて、最悪のことが本当に起きたかもしれないと思った。その恐《おそ》れを口にする者はいなかったけれど、誰《だれ》もがそう思い始めていた。そして、お互《たが》いにそう思っていることがわかっていた。

ぼくらは、もう何度も探した場所を、繰《く》り返し探した。ジョー兄ちゃんの行方不明について考えられる説明が、ひとつひとつ消えていく。どこかで眠《ねむ》りこんだとしても、もう起きていいはずだ。迷子《まいご》になったとしても、何百人もの人が探しているから、もう誰かの目にとまっていいはずだ。行き会う誰もかれもが、どんよりと暗い顔をしていた。微笑《ほほえ》みかけようとはするが、誰もぼくと目を合わせられない。もう、恐れを感じるどころじゃないのがわかった。ひどいことになった。村人たちの顔には絶望があらわれていた。希望が消え去ったという思いが、隠《かく》そうとしても隠しきれず、はっきり顔に出ていた。

昼ごろになって、万が一ジョー兄ちゃんが自分から家にもどることもあるかもしれないと、調べてみることにした。家では母さんが一人、座った椅子《いす》の肘《ひじ》かけを握《にぎ》りしめ、身じろぎもせずに前を見つめていた。チャーリーと二人で、何とか気を引きたて、安心させようとしてみたが、無理だった。チャーリーが母さんにお茶をいれてあげたが、母さんはさわろうともしなかった。モリーが母さんの足元に座って、母さんの膝《ひざ》に顔をうずめた。その瞬間《しゅんかん》、母さんの顔にうっすら微笑みの影《かげ》がさした。ぼくたちができないなぐさめも、モリーにはできた。

チャーリーとぼくは、二人を残して庭へ出た。かすかに残る希望を奮い立たせるようにして考え直した。こんなふうに姿をくらませるなんて、ジョー兄ちゃんはいったい何を考えていたのか、そのときの考えを追おうとした。なぜ出ていったかがわかれば、どこを探せばいいかがわかるかもしれない。何かを探してたんじゃないか？　なくした何かを？　でも何だ？　誰かに会いに行った？　だとすれば、誰に？

姿を消したのは、何かバーサの死と関係があるのは間違《まちが》いないだろう。昨日は、チャーリーもぼくもお屋敷《やしき》へ行って、あんなことをした大佐《たいさ》を殺してやりたいと思っていた。たぶん、ジョー兄ちゃんも同じ気持ちだったのだろう。バーサを殺された恨《うら》みを晴らしに行ったのかもしれない。お屋敷のどこか、屋根裏か地下室に隠れて攻撃《こうげき》のチャンスを待っているんじゃないだろうか。

そう言葉にしてみたものの、そんなことは考えられないとわかっていた。ジョー兄ちゃんというのは、そんなことをしようとも思わない人だから。生まれてこれまで、誰にも腹を立てたことがない。オオカミばばあにさえも——あれだけひどいことをされ、腹を立てて当然だと思うのに。ジョー兄ちゃんは、とっても傷つきやすいけど、決して怒《おこ》らない。暴力をふるうこともない人だ。

チャーリーとぼくは、ジョー兄ちゃんの失踪《しっそう》の理由をいくつも考え、いくつもの筋書きを作ってみた。けれど、しまいにはどれもこれも現実的でないとして切り捨てざるを得なかった。

そのとき、モリーがこちらに向かって庭をやってくるのが見えた。

「考えてたんだけど」と、モリー。「あたし、考えたんだけど、ジョー兄ちゃんが一番行きたかったのは、どこかしら？」

「どういうこと？」チャーリーが聞いた。

「あのね、バーサのところに行きたかったと思うの。だから、天国へ行きたいと思ったんじゃない？　つまり、バーサは天国へ昇《のぼ》ったってジョー兄ちゃんは思ってるでしょ。おばさんが、ジョー兄ちゃんにそう言ってたわ。だから、バーサのところへ行きたいと思えば、天国へ昇ろうとするんじゃない？」

ぼくは一瞬《いっしゅん》ぞっとした。モリーは、ジョー兄ちゃんがバーサのいる天国へ行こうとして、自殺したと言っているのか。信じたくないが、ある意味、当たっているような気もした。するとモリーが続けた。

「ジョー兄ちゃんが言ってたことがあるの。おじさんは天国に昇っていて、向こうからはあたしたちのことがよく見えるんだって。そのとき、上のほうを指差したのを覚えてる。はじめは何を言おうとしてるのか、よくわからなかった。何となく空の上のほうか、飛んでる鳥たちを指差してるんだと思った。そしたら、ジョー兄ちゃんがあたしの手をとって、教えようとして一緒《いっしょ》に指差してくれたのよ。指差したのは教会だった。教会の塔《とう》のてっぺん。ばかげて聞こえるかもしれないけど、ジョー兄ちゃんは、天国は教会の塔のてっぺんにあると思ってるんじゃない？　誰《だれ》か、あそこを調べた？」

モリーの話の途中《とちゅう》で、ぼくも思い出した。父さんを埋葬《まいそう》した日に、ジョー兄ちゃんが教会の塔を見上げて指差していたことを。歩いて帰る道々、肩越《かたご》しに振《ふ》り返って見上げていた。

「トモ、一緒に来るだろ？」と、チャーリー。「モリー、母さんのところにいてくれる？　いい知らせなら鐘《かね》を鳴らすから」

ぼくらは果樹園を抜《ぬ》け、生垣《いけがき》の穴をくぐり、川に向かって牧草地を突《つ》っ切って走った。村までの一番の近道だ。バシャバシャと川を渡《わた》り、競争で牧場を越《こ》え、教会に続く坂を上った。チャーリーについていくのは一苦労だった。走りながら、教会の塔から目を離《はな》さなかった。もっと早く動け、早く走れと自分の足をせきたてながら、ジョー兄ちゃんが、あの天国にいてくれることを願い続けていた。

チャーリーのほうが先に村に入り、教会前の道を、ぼくの目の前を、ウサギのように走っていく。と、思う間に小石に足をすべらせ、どうっと転んだ。ぼくが追いついてもまだ、その場に座りこみ、足をつかんで自分をののしっていた。チャーリーが大声をあげて呼ぶから、ぼくも呼んだ。

「ジョー！　ジョー兄ちゃん！　そこにいるの？」

答えはない。

「トモ、おまえが行け」チャーリーは痛みに顔をゆがめていた。「くるぶしを痛めたらしい」

ぼくは扉《とびら》を開け、ひっそりと暗い教会の中に入った。鐘《かね》を鳴らすロープのあいだをすりぬけ、鐘楼《しょうろう》の小さな扉を押《お》し開いた。チャーリーの怒鳴《どな》り声が聞こえる。

「おい、いたか？　そこに、いたか？」

ぼくは答えずに、曲がりくねった階段を登り始めた。ずっと前にこの鐘楼に登ったことがある。日曜学校に通っていたころだ。キリスト昇天祭《しょうてんさい》のとき、聖歌隊の一員としてここで歌った。小さかったころ。

あのころ、この階段が怖《こわ》かった。今だっていやだ。細長い窓からは、ほんのわずかしか陽《ひ》が入らない。ぼくを囲む壁《かべ》はじっとりして、段々はふぞろいでしかもすべりやすい。前に進み続け、登り続けるにつれて、ひんやりしめった空気と闇《やみ》が迫《せま》ってきて、ぞっとする。ひっそり控《ひか》えている鐘のわきを通るときは、この鐘がすぐに鳴ることになればと心から願った。

階段の数は九十五段。一段上がるごとに、早く一番上に着きたいと願った。明るいところで息をしたい。ジョー兄ちゃんを見つけたい。

塔《とう》に出る扉は固くて、なかなか開かなかった。思いっきり、さらに強く押して、ようやくぱっと開いた。すると風で、扉がばたばたした。心地よく暖かい陽射《ひざ》しの中に踏《ふ》み出すと、まぶしさに目がくらんだ。

はじめは何も見えなかった。やがて兄ちゃんが見えた。ジョー兄ちゃんは、欄干《らんかん》のかげに身を丸めて横たわっている。ぐっすり眠《ねむ》っているようだ。いつもどおり親指をくわえて。急に起こしちゃいけない。そっと手をとったが、目を覚まさない。肩《かた》に手をかけ、静かにゆすってみたが、目を覚まさない。兄ちゃんの体は冷たく、顔色は青白かった。死んだように青白い。息をしているだろうか。下からチャーリーの呼ぶ声が聞こえる。もう一度ゆする。今度は強くゆする。ぼくは怖くて、どうしていいかわからなくなってわめき出していた。

「起きてよ、ジョー兄ちゃん。お願いだから、起きてってば！」

ぼくは思った。起きっこない。兄ちゃんは死のうとしてここに上がったんだ。天国に行くには死ななければならないと、わかっていたんだ。天国に行きたかったから。バーサと一緒《いっしょ》に、父さんと一緒になりたかったから。

次の瞬間《しゅんかん》、ジョー兄ちゃんが身動きしたのを見ても、にわかには信じられなかった。兄ちゃんが目を開けて、にっこりした。

「ああ、トモ。お腹《なか》しゅいたぁ、お腹しゅいたぁ」

それは、ぼくの耳にひびいた最高の言葉だった。ぼくはぴょんと立ち上がり、欄干《らんかん》から身を乗り出して下を見た。チャーリーが教会の前で、こっちを見上げている。

「いたよ、チャーリー。見つけた。ここにいる。元気だよ」

チャーリーはこぶしを突《つ》き上げ、空をパンチして、何度も何度も喜びの声をあげた。そしてぼくのとなりで手を振《ふ》るジョー兄ちゃんを見ると、いっそう大きな声を張りあげた。

「チャーリー！　チャーリー！」と、ジョー兄ちゃんも大声で呼んだ。

チャーリーはけんけんで、教会の中に入ってきた。村じゅうに大きなテナーベルの鐘《かね》の音《ね》がひびきわたったのは、そのあとすぐだった。そのとたん、塔《とう》にとまっていたハトの群れがバタバタと飛び立って、家々の屋根の上を、野原の上を旋回《せんかい》して舞《ま》った。

ハトと一緒《いっしょ》に、ジョー兄ちゃんとぼくも、すさまじい大音響《だいおんきょう》にびっくり仰天《ぎょうてん》した。鐘の音はぼくらの耳をつぶし、塔全体が震《ふる》えるのを靴底《くつぞこ》に感じた。まるで雷《かみなり》のような轟音《ごうおん》に驚《おどろ》いたジョー兄ちゃんは、耳を両手でふさぎ、急に心配そうな顔になった。でも、ぼくが笑っているのを見て、ジョー兄ちゃんも笑いだした。そして、ぼくに抱《だ》きついてきた。あんまり強く抱きつくから、苦しくて死にそうだった。兄ちゃんが「オレンジとレモン」を歌い始め、ぼくも声を合わせて歌った。泣きながら歌った。

一緒に下へおりようとしたが、ジョー兄ちゃんはなかなかおりたがらない。欄干から下の人たちに手を振りたかったんだ。あっちからもこっちからも人々が集まってくる。マニングズ先生とマカリスター先生、そして全校生徒が校庭から流れるようにあふれ出して、教会を目指して上ってくる。大佐《たいさ》が車に乗ってこっちへ向かっている。そのとなりにはオオカミばばあのボンネットが、かすかに見える。何よりうれしいことに、母さんとモリーが自転車で坂を上ってくる姿が見える。ぼくらに向かって手を振っている。

チャーリーは、まだ鐘を鳴らし続ける。鐘の音のギンゴンの合間に張りあげるチャーリーの声が、耳に聞こえるようだ。ロープにぶらさがり、空中に跳《と》び上がっているチャーリーの姿が目に浮《う》かぶ。ジョー兄ちゃんは、歌い続ける。ツバメがさえずりながら、ぼくらのまわりをすいすい飛び交っている。生きる喜びを歌っているようだった。ジョー兄ちゃんの無事を祝っているようだった。

午前一時二十八分

日曜学校で教わったことがある。空にそびえる教会の塔《とう》は天国への約束をあらわすと。フランスの教会は塔の形が違《ちが》う。ここへ来て最初に気づいたのが、そのことだ。故郷の世界から戦争の世界へ移ってきたときに。

故郷では、うねるように連なる牧場や畑に隠《かく》れ、うずくまるように教会の塔が建っている。ここはうねるような起伏《きふく》がなく、ただ広い広い平原が続く。丘《おか》などほとんど見ない。故郷の教会の塔と違って、こちらのは空に突《つ》き刺《さ》さるような尖塔《せんとう》だ。まるで、教室で先生の気をひこうとして、子どもが手を高くあげているように。

もし神がいたとしても、ここで誰《だれ》が手をあげようと気づかないだろう。神はとっくの昔にこの場所にあきらめをつけ、ここにいる我々を見捨てた。もう教会の尖塔も、ほとんど残っていない。アルベールで見かけた尖塔は、破られた約束のように破壊《はかい》されてぶらさがっていた。

そう考えてみると、自分がここに、フランスに連れてこられたことそのものが、破られた約束だ。そして、今はこの納屋《なや》にいる。
ネズミがもどってきた。よし、よし。

ジョー兄ちゃんが見つかったあと、古傷も恨《うら》みも何もかもが許され、忘れられたかのようなひとときがあった。フランスでの戦争の話題も忘れられていた。その日は、誰もかれも、ジョー兄ちゃん探しの話と、無事に帰ってきた話しかしなかった。

〈ザ・デューク〉での祝宴《しゅくえん》には村じゅうの人々が集まり、大佐《たいさ》とオオカミばばあさえ加わった。モリーの母親と父親まで来て、みんなと一緒《いっしょ》に、しかも笑顔で祝った。ただし、二人は教会の教えを厳しく守る人たちなので、酒は一滴《いってき》たりとも口にしなかった。それまで、モリーの母親が笑うのを見たことがなかった。大佐が、酒代はすべて自分がはらうと宣言した。

コックスさんの歌が始まるまでに、たいして時間はかからなかった――ビール二杯《はい》分。ぼくらが店を出るときにも、まだ歌っていた。そのころになると、少々品のない歌もまじり始めていた。

〈ザ・デューク〉の外に出たとき、母さんが大佐に近寄って、助力へのお礼を言った。すると大佐《たいさ》が、自分のロールスロイスでぼくらを家まで送ろうと申し出たのだ！　大佐の車の後部座席にピースフル一家が座り、助手席にはオオカミばばあが乗って、なごやかに揺《ゆ》られるとは！　何年にもわたるこじれた関係を考えると、とても信じられない光景だった。

その車の中で、大佐が夢のような時間を台無しにした。戦争の話題を持ち出したのだ。我が軍はフランスでもっと騎馬兵《きばへい》を使うべきだと。

「馬と銃《じゅう》。この際、それが肝要《かんよう》だ。我々が、南アフリカでボーア人を打ち負かしたようになあ（一八九九〜一九〇二年に南アフリカで起こったボーア戦争のこと）。そうせねばならん。もっと若ければ自分で乗りこむんだが。軍はじきに、すべての馬を徴用《ちょうよう》することになりますぞ、ピースフルさん。すべての若者もだ。あっちの戦局は、うまくないからな」

門の外で車をおりるとき、手を貸してくれた大佐に母さんはもう一度お礼を言った。大佐は頭の帽子《ぼうし》に手をやって微笑《ほほえ》み、「もう、逃《に》げ出しなさんなよ、君。君のおかげで、みんな肝《きも》を冷やしたからな」と、ジョー兄ちゃんに言った。そして車が出るときには、オオカミばばあまで、にこやかといっていいほどの顔で手を振《ふ》っていた。

その晩、ジョー兄ちゃんが咳《せき》をし始めた。寒さで肺をやられたのだ。ジョー兄ちゃんは熱を出し、そのあと何週間も寝《ね》ついてしまった。母さんはジョー兄ちゃんにつきっきりで、とても心配そうだった。

ジョー兄ちゃんの具合が良くなったころには、もう、行方不明事件のことなどすっかり忘れ去られていた。新聞各紙で報じられる、マルヌ河での大激戦（一九一四年九月のマルヌ会戦。ドイツ軍の進撃《しんげき》をマルヌ河畔《かはん》で英仏軍が食い止めた）のニュースにとってかわられたのだ。フランス国内に侵攻《しんこう》するドイツ軍を何とか食い止めようと、我が軍は泥沼《どろぬま》の戦いを続けていた。

ある夕方、チャーリーとぼくは家に着くのが少し遅《おそ》くなった。ときどきするように、仕事帰りに〈ザ・デューク〉に寄って、一杯《いっぱい》やっていたからだ。思えば、あのころはビールが好きなふりをしていた。本当はまずくてたまらなかったが、ただ酒場にいるのが楽しかった。牧場ではたまに大きな態度をとるチャーリーも、仕事を終えたあとの〈ザ・デューク〉では、ぼくを十五歳《さい》の子ども扱《あつか》いしなかった。だがなかには子ども扱いする人たちもいて、彼《かれ》らにビールが飲めないと悟《さと》られたくなかった。それで、チャーリーと一緒《いっしょ》にビールを何杯か無理やり流しこんだのだが、〈ザ・デューク〉を出るころには頭がくらくらしていることも多かった。あの晩、家に帰ったときぼうっとしていたのは、そういうわけだ。

玄関《げんかん》のドアを開けると、モリーの姿が目に入った。床《ゆか》に座りこみ、母さんの膝《ひざ》に顔をうずめている。突然《とつぜん》、ジョー兄ちゃんが行方不明になったあのときに逆もどりしたかのようだった。モリーが顔を上げてぼくらを見た。モリーは泣いていた。今度は、母さんのほうがモリーをなぐさめていたのだ。

「どうしたの？　何かあったの？」チャーリーが聞いた。

「それはこっちが聞きたいわ、チャーリー・ピースフル」母さんが言った。

ぼくらが帰ってきたのがうれしくないような口調だった。はじめ、飲んできたのがばれたと思った。でも、チャーリーの視線を追うと、窓の下に革《かわ》のスーツケースがあり、父さんの暖炉《だんろ》用椅子《いす》の背にはモリーのコートがかかっている。

「モリーはね、身を寄せてきたの。家から放り出されたのよ、チャーリー。お父さんお母さんに追い出されたの。あなたのせいよ」

「違《ちが》うわ！　そんな言い方しないで。チャーリーのせいじゃないわ。誰《だれ》のせいでもない」

モリーはそう叫《さけ》ぶと、チャーリーに駆《か》けより、その腕《うで》の中に飛びこんだ。

「どうしたの、モル？　いったい何事？」と、チャーリー。

モリーは堰《せき》を切ったように泣きじゃくり、チャーリーの肩《かた》にもたれて首を振《ふ》るばかりだった。

チャーリーは、母さんのほうを見た。

「何事かっていうとね、チャーリー、モリーのお腹《なか》にあなたの赤ちゃんができたの。ご両親はモリーの荷物をスーツケースに詰《つ》めて、家から出し、決して帰るなと通告したわ。二度と顔を見たくないって。モリーはどこにも行き場所がないのよ、チャーリー。だから、あなたはうちの家族よって言っていたところ。私《わたし》たちの家族だから。いつまでも好きなだけここにいてちょうだいってね」

チャーリーが言葉を発するまで一年もかかったように感じた。チャーリーの顔の上を、ありとあらゆる感情が通りすぎるのがわかった。混乱、とまどい、激怒《げきど》。それらが同時に通りすぎ、ついに解決に落ち着いたようだ。チャーリーはモリーの体を離《はな》し、まっすぐその目を見つめ、親指で涙《なみだ》をぬぐってやった。

ようやく口を開いたチャーリーが話しかけた相手は、モリーではなく母さんだった。

「母さん、モルにそう言ったのは間違いだよ」チャーリーは、ゆっくり、厳しい声で話し始めた。そして笑顔になって続けた。「だって、それはぼくが言う言葉だからさ。ぼくら二人の赤ちゃんだもの。ぼくの子。そして、モルはぼくの大事な人。だから、ぼくがそう言うべきだったんだ。でも、母さんが言ってくれて、ぼくはうれしいよ」

その日から、モリーは、それまでよりいっそう家族の一員になった。ぼくは、大きな喜びと大きな痛手を同時に味わっていた。おそらくモリーとチャーリーには、ぼくの気持ちがわかっていただろう。けれど、二人は決してそのことにふれなかったし、ぼくも言わなかった。

すぐに、二人は教会で結婚式《けっこんしき》をあげた。教会はがらんとしていた。出席者は教区牧師とぼくら四人だけ。後ろの席に牧師の奥《おく》さんが座っていた。今や、モリーのお腹の赤ちゃんのことは村じゅうに知れわたっていた。それで、二人の結婚式《けっこんしき》を行うにあたって、牧師はいくつも条件をつけた。祝福の鐘《かね》はなし。賛美歌もなし。そして、自分もその場にいたくないと言わんばかりに大急ぎで式を執《と》り行った。結婚を祝う宴会《えんかい》もなく、家に帰ってお茶とフルーツケーキでお祝いをしただけだ。

何日かたって、母さんは、オオカミばばあから一通の手紙を受け取った。そこには、これは恥《は》ずべき結婚だと書いてあった。モリーを解雇《かいこ》しようと思ったが、思いとどまった。その理由は、彼女《かのじょ》は明らかに意志の弱い、不道徳な娘《むすめ》であるが、その行いに対して罰《ばっ》せられるとしたら、原因は彼女よりもチャーリーによるところが大きいことを考慮《こうりょ》するのが適当である。しかもモリーは、すでに自身が邪悪《じゃあく》であるという罰を受けているのであるから……。

母さんは、その手紙をみんなの前で大きな声で読むと、びりびりに破いて火にくべてしまった。そこが似合いの場所だわ、と言って。

ぼくは、ジョー兄ちゃんの部屋に移って、兄ちゃんと一緒《いっしょ》のベッドで寝《ね》ることになった。ベッドは狭《せま》く、兄ちゃんは体が大きいから、寝心地はよくなかった。おまけに夢を見て大きな声で寝言を言うし、しょっちゅう寝返りをうったり身動きしたりした。

しかし、眠《ねむ》れない夜、ぼくを最も悩《なや》ませたのは別のことだった。となりの部屋に、ぼくが世界じゅうの誰《だれ》よりも愛する二人が眠っている。気持ちを通わせた二人。ぼくをのけ者にした二人。寝苦しい夜、二人が互《たが》いの腕《うで》の中で眠っていると考えると、彼《かれ》らを憎《にく》みたいと思うことがあった。でも、憎めなかった。はっきりしているのは、今や家の中に、ぼくの居場所がなくなったこと。どこかへ行ってしまったほうがいい。あの二人から離《はな》れて。

ぼくは、決してモリーと二人っきりにならないように気をつけた。何を話せばいいのかわからなかったから。同じ理由から、チャーリーと〈ザ・デューク〉に飲みに寄ることもしなくなった。牧場では、なるべく一人で仕事ができるように知恵《ちえ》をしぼった。チャーリーのそばにいなくてもいいように。何かを取りに行くとか、どこかへ運ぶとか、牧場から外へ出かける用事があれば、何でも買って出た。

ぼくの申し出を、コックスさんはひどく喜んでいるように見えた。それで、よく馬や荷馬車で使い走りをさせてくれた。たとえば、店から飼料を運ぶ、種イモを受け取りに行く、ブタを売るために市場へ連れていくなど。いつでもわざとゆっくり時間をかけたが、コックスさんは気づきもしなかった。

だが、チャーリーは気づいた。ぼくが仕事をサボっていると言った。けれど、その理由が自分を避《さ》けるためだともわかっていた。ぼくらは、互いの気持ちがよくわかっていた。たぶん、互いに相手を傷つけたくなくて、本気で言い合いもしなかった。すでに充分《じゅうぶん》すぎるほどの傷を受けたことがわかっていたから、それ以上は裂《さ》け目を広げるだけ。どちらもそれを望んでいなかった。

そんなある朝、ハザリーの市場でサボっていたとき、ぼくは初めて戦争というものを肌《はだ》で感じることになった。そのころのぼくらにとって、戦争はまだ、新聞やポスターで見るだけの非現実的な遠い出来事でしかなかったのだ。

市場でコックスさんの雄羊《おひつじ》を二頭売ったあとだった、それもなかなかよい値で。すると、大通りをやってくる楽隊の音が耳に入った。太鼓《たいこ》の轟《とどろ》きとラッパのひびき。市場じゅうの人々が音のするほうへ走った。もちろんぼくも走った。

角を曲がるとパレードが見えた。楽隊の後ろに五十人ほどの兵士が続く。真紅《しんく》の立派な軍服姿だった。

隊列は、ぼくの前を行進した。見事にそろった腕《うで》の振《ふ》り。軍服のボタンと軍靴《ぐんか》がぴかぴか光る。肩《かた》にかついだ銃剣《じゅうけん》が太陽の光に輝《かがや》く。兵士は、楽隊に合わせて歌いながら行進した。「はるかティペラリーよ、道は遠く……」。ジョー兄ちゃんがいなくてよかったと思ったのを覚えている。もしいたら、一緒《いっしょ》になって「オレンジとレモン」を歌い始めただろうから。

隊列のわきを、子どもたちが真似をして行進して歩く。紙の帽《ぼう》子《し》をかぶった子もいれば、木のステッキを肩にかついだ子もいる。沿道にいる女たちが花を投げた。ほとんどがバラの花だった。兵士の足元にバラの花が降りそそぐ。一本のバラが一人の兵士に当たり、偶然《ぐうぜん》上着に刺《さ》さった。それを見て兵士が微笑《ほほえ》む。

ぼくは、町をまわるパレードに群集と一緒になってついて歩き、広場まで行った。広場に着くと、楽隊はイギリス国歌を演奏し、国旗がはためく前で特務曹長《そうちょう》――ぼくの人生で会った初の曹長だ――が踏《ふ》み台に上がり、ステッキを小粋《こいき》に脇《わき》にはさむと演説を始めた。その声は、それまでに聞いたことのあるどんな声ともまるで違《ちが》っていた。威圧的《いあってき》で、耳ざわりな声。

「お集まりの紳士淑女《しんししゅくじょ》諸君。我輩《わがはい》はまわりくどい話はしない。戦地フランスではすべてが順調とは言うまい。確かに、その種のばかな噂《うわさ》が町にあふれておる。だが我輩は、実際に戦地へ赴《おもむ》いた。実際にこの目で見てきた話をしよう。正直に申し上げる。戦争はピクニックではない。確かに戦況《せんきょう》は困難である。はなはだ困難である。ここにおいて、この戦いについて、ひとつ諸君に問いたい。諸君はいったい誰《だれ》に、この町の、この通りを、行進してもらいたいのか？　我が軍であろう！　それともドイツ軍なのか？　諸君、今こそ決断のときだ。なぜなら、聞きたまえ、紳士淑女諸君。フランスでやつらを食い止めねば、ドイツの軍隊がここへ進軍するのだぞ。ここハザリーへ、諸君の玄関先《げんかんさき》へ」

広場じゅうの群集が静まり返った。

「敵はこの町に踏《ふ》みこみ、家を焼き、幼子を殺し、そう、女たちを汚《けが》す。ドイツ軍は、かの勇《ゆう》敵《かん》なる小国ベルギーを撃《う》ち、一飲みにした。そして今はフランスを切り刻んでいる。ここで言っておきたい。諸君、今こそ撃ち負かさなければ、やつらは、われわれをも飲みこんでしまうだろう」そして曹長《そうちょう》は聴衆《ちょうしゅう》の顔を見渡《みわた》し、「さあ諸君、敵軍の侵入《しんにゅう》を許すのか？　それを許すのか？」

「許すな！」叫《さけ》び声がわきあがった。ぼくも夢中になって叫んでいた。

「やつらを木《こ》っ端微塵《ぱみじん》に打ちのめすんだな？」

「そうだ！」聴衆が声を限りに怒鳴《どな》った。

特務曹長はうなずいて、「よろしい。非常によろしい。そこで、諸君の力が必要なのである」と宣言しながら、手にしたステッキで聴衆の中の男を選んで次々に指していった。「君と、君と、君」そしてまっすぐぼくの目を見て言った。「そして君だ、若者よ！」

その瞬間《しゅんかん》まで、この演説が少しでも自分に関係があるなどと、正直思ってもいなかった。傍観者《ぼうかんしゃ》でいたのだ。だが、もはや違《ちが》った。

「国王陛下が君を必要としておられる。祖国が君の力を求めている。フランスの地で戦っている勇敢《ゆうかん》な戦友たちが、君を必要としているのだ」曹長はそこまで言うと笑顔になり、整った口《くち》髭《ひげ》に手をやって続けた。「ひとつ覚えておきたまえ、若者よ。これは我輩《わがはい》が保証する。女というものは兵隊に弱いぞ」

これには、群集のなかの女たちがあちこちで、くすくす笑いを始めた。曹長は、ステッキを脇《わき》の下にもどすと、「さあ、我こそは国王陛下の兵士にと、口火を切って名乗りをあげる勇敢な若者は誰《だれ》だ？」

誰一人身じろぎせず、誰一人声をあげなかった。

「先頭に立つのは誰だ？　さあ、名乗り出よ。幻滅《げんめつ》させせんでくれ。祖国は強靭《きょうじん》な心を持つ若者を求めている。国王陛下と祖国を愛する若者を。卑劣《ひれつ》なドイツ野郎《やろう》を憎《にく》む、勇敢な若者を」

その瞬間だった、熱狂《ねっきょう》する群集を押《お》しわけて、最初の一人が帽子《ぼうし》を振《ふ》りながら前に出たのは。一目見て、同じ学校のやつだとわかった。ばかでかいジミー・パーソンズだ。しばらく顔を見なかった。一家が村を出てから姿を見なかった。記憶《きおく》にあるよりさらに体がでかくなったようだ。丸々とした顔と太い首が赤い。学校の校庭でいつもそうだったように、今も得意になって自分を見せびらかしている。群集に扇動《せんどう》され、すぐに何人かが続いた。

突然《とつぜん》、誰かが背中を小突《こづ》いた。見ると、歯の抜《ぬ》けたばあさんが、曲がった指でぼくを差している。

「行きなよ、あんちゃん」しわがれ声でそう言った。「戦いに行けよ。お国に呼ばれて戦いに行くのは、男の務めだよ。そうだろ。行けよ。あんた、弱虫じゃないんだろ？」

まわりの人々も、せきたてるような目でぼくを見ているような気がした。ぼくのとまどいを責めているような目つきだった。歯抜《はぬ》けばあさんが、もう一度ぼくを小突《こづ》き、今度は前へ押《お》し出すようにした。

「弱虫じゃないんだろ？　意気地なしじゃないんだろ？」

はじめのうちは駆《か》け出さなかった。そのばあさんからじりじり遠ざかり、誰《だれ》にも気づかれないことを願いつつ、人垣《ひとがき》から抜《ぬ》け出した。だが、ばあさんに見つかってしまった。

「意気地なし！」ばあさんがぼくの背中に罵声《ばせい》を浴びせる。「意気地なし！」

それで駆け出した。人っ子一人いない大通りを、ぼくは一目散《いちもくさん》に走った。ばあさんの声が耳の中でこだましていた。

荷馬車で市場から出るとき、広場でまた楽隊の演奏が始まったのが聞こえた。太鼓《たいこ》の低いドンドンというひびきに国旗のイメージがよみがえった。恥《は》ずかしさでいっぱいになりながら、荷馬車を進めた。牧場へもどるあいだじゅう、あの歯抜けばあさんのこと、ばあさんの言葉、そして特務曹長《そうちょう》の言葉を思い返していた。真っ赤な軍服の兵士がどんなに立派で男らしく見えたことか。ぼくが真っ赤な軍服姿で家に帰ったら、きっとモリーはうっとりするだろう。ぼくに恋《こい》するかもしれない。母さんはどんなに誇《ほこ》らしく思うだろう。ジョー兄ちゃんも。

牧場にもどって馬を荷車からはずすころには、もう決意が固まっていた。ぼくは兵士になる。フランスへ行き、特務曹長の言葉どおり、卑劣《ひれつ》な敵軍を木《こ》っ端微塵《ぱみじん》に打ちのめすんだ。夕食のとき家族にこのニュースを発表しようと決めた。早く言いたくて、喜ぶ顔を見たくて、待ちきれなかった。

全員がテーブルに着くか着かないかのうちに、ぼくは話し始めた。

「今朝、ハザリーに行ったんだ。コックスさんに頼《たの》まれて市場にね」

「またサボりだ」

チャーリーが、スープの皿に向かってつぶやくように言った。

ぼくは無視して続けた。

「軍隊が来てたよ、母さん。兵士の募集《ぼしゅう》に。ジミー・パーソンズが入隊した。ほかにも大勢」

「バカなやつら」と、チャーリー。「おれなら行かないよ、絶対に。おれがネズミを撃《う》つのは、かじられるからだ。ウサギを撃つのは、食べるためだ。なぜドイツ人を撃たなきゃならないんだ？　ドイツ人に会ったこともないのに」

母さんがぼくのスプーンを取り上げて、渡《わた》した。「食べなさい」そして、ぼくの腕《うで》をたたいて言った。「心配しなくてもいいわ、トモ。あなたは召集《しょうしゅう》されやしないわ。とにかく、まだ年《ねん》齢《れい》に達していないもの」

「もうすぐ十六だよ」

「十七にならないと。十七でないと採用されないよ。子どもは必要ないんだ」チャーリーが、そう言った。

それでぼくはスープを口に運び、その話題を終わりにした。みんなに注目されるチャンスを逃《のが》して、最初はがっかりした。けれど、その晩ベッドに横になってからは、戦争に行かなくて済《す》んだことに少なからず安心した。それに、ぼくが十七になるまでに、十中八九戦争は終わっているだろう――そう思った。


それから何週間かたったころ、チャーリーとぼくが仕事に出ているあいだに、大佐《たいさ》がひょっこり母さんを訪ねてきた。夜になってモリーが話してくれるまで、ぼくらはそのことを知らなかった。

夕食のとき、めずらしく母さんが静かで上《うわ》の空のようだったから、変だとは思っていた。ジョー兄ちゃんの質問にさえ返事をしなかった。やがてモリーが、散歩に行くと言って席を立った。そして、チャーリーとぼくを誘《さそ》った。それで、何かあるとピンときた。三人で散歩に出かけることは、長いことしなかった。誘ったのがチャーリーなら絶対断っていただろう。でもモリーの誘いを断るのは、ずっと難しい。

ぼくらは小川に向かった。子どものころ、ぼくらだけで過ごしたいときに、いつもそうしたように。ぼくが二人のあいだを行き来する郵便配達だったとき、モリーとよく待ち合わせた場所に。川の土手に着いても、自分の両側にぼくらを座らせるまでモリーは話を始めなかった。ぼくらの手を握《にぎ》るまで話しださなかった。

「あたし、今からおばさんとの約束を破るわ」ようやくモリーが口を開いた。「こんなこと話したくないけど、言わないわけにいかない。何がどうなってるのか、あなたたちも知る必要があるわ。大佐よ。今朝、おばさんのところに大佐が来たの。大佐の言う〝愛国的義務〟から行動しているだけだそうよ。こう言ったわ。戦争は我々にとってうまくない方向へ向かっていて、祖国は若者を必要としている。それで、今こそ、自分の地所に住み、または働く屈強《くっきょう》な若い男が全員入隊し、戦場へ行って国王と祖国のために本分を尽《つ》くすときだと決めたんですって。我々は、しばらくのあいだは男手なしでやっていくしかないって」

モリーの握る手に力がこもり、声が震《ふる》え始めた。「チャーリー、あなたは戦争に行かなきゃいけないんですって。さもないと、あたしたちをこの家に住まわせないって。おばさんは必死に抗議《こうぎ》したわ。でも大佐は聞こうともしなかった。癇癪《かんしゃく》を起こすだけよ。家から追い出すって。チャーリー、あなたが入隊しないなら、おばさんもあたしも首だっていうのよ」

「できっこないさ、そんなこと、モル。脅《おど》しだよ。できないさ。できるわけない」と、チャーリー。

「いいえ、本気だわ。きっと言ったとおりにする。わかるでしょ。大佐がいったんこうすると決めたら、その気になったら、必ずやるわ。バーサをどうしたか、見てごらんなさい。本当にそうするつもりよ、チャーリー」

「でも、大佐《たいさ》は約束したじゃないか。大佐の奥《おく》さんが死ぬ前にそう約束させたんでしょ。母さんが暮らしていけるようにって。だから、大佐がここにいさせてくれたって。母さんが言ってたよ」と、ぼくも言った。

「おばさんも、そのことを言ったわ」と、モリー。「そしたら大佐が何て言ったかわかる？あれは約束ではなく、亡《な》くなった奥さんの単なる希望に過ぎない、ともかく、戦争がすべての事情を変えたんだって。例外はいっさい認めないそうよ。チャーリーの入隊か、さもなくば今月中にこの家を出るか」

モリーはチャーリーの肩《かた》に顔をうずめ、ぼくら三人は手を握《にぎ》り合ったまま、そこに座っていた。ぼくらを包んで夜がふけていった。

時折モリーがかすかにすすり泣くほかは、誰《だれ》も何も話さなかった。話す必要などなかった。三人とも、解決の道がないことがわかっていたから。戦争がぼくらを引き裂《さ》き、ぼくらの人生は永久に変わってしまうだろう。そんな瞬間《しゅんかん》でもぼくは、握りしめたモリーの手の感触《かんしょく》を、一緒《いっしょ》にいられる最後の時間を、何よりも大切に味わっていた。

突然《とつぜん》、チャーリーが沈黙《ちんもく》を破った。

「モル、正直言ってこのごろ考えてたことがある。誤解しないで。行きたいわけじゃないよ。ただ、新聞に名簿《めいぼ》が載《の》るだろ、ね、戦死者と傷病兵のリストさ。かわいそうに。何ページも、何ページも。これでいいとは思えないんだ。おれがここで楽しく暮らしているあいだ、やつらは戦地にいるなんて。そう悲観したものじゃないよ、モル。昨日ベニー・コプルストンに会ったんだ。パブで軍服を見せびらかしてたよ。休暇《きゅうか》で帰ってきてるそうだ。一年かそれ以上ベルギーに出征《しゅっせい》してたんだって。何てことないってさ。あいつが言うには『楽なもんだ』とさ。あいつの話だと、今やドイツ軍を退却《たいきゃく》に追いこむところらしいよ。猛攻撃《もうこうげき》ひとつで、敵は全軍が股《また》のあいだにしっぽを巻いてベルリンに逃《に》げ帰るはずだって。そしたら我が軍の兵士はみんな故郷に帰れる」

チャーリーは言葉を切って、モリーの額《ひたい》にキスをした。

「ともかく、ほかにどうしようもないじゃないか、モル」

「ああ、チャーリー。行かないでほしいわ」

「心配しないで、お嬢《じょう》さん」と、チャーリー。「運が良ければ、赤ん坊《ぼう》の洗礼に帰れるさ。それに、トモがついていてくれる。おれの代わりになってくれるよ。そうだろ、トモ。おれが行ったあと、万が一、またあの大佐の屁《へ》こき野郎《やろう》がシラミ頭を我が家に突《つ》っこもうものなら、撃《う》ち殺せ、トモ。やつがバーサを撃ったみたいに」

本気でそう言ったわけではないとは、わかっていた。

そのとき、自分でも思ってもみなかった言葉が、口をついて出た。「ぼくはここにいないよ。チャーリー、ぼくも一緒《いっしょ》に行く」――ぼくは、そう言っていた。

二人は、ぼくを思いとどまらせようと言葉を尽《つ》くした。反対し、脅《おど》した。だが、今度こそ気を変えるつもりはなかった。チャーリーが、ぼくは年齢《ねんれい》が足りないと言った。ぼくは、あと二週間で十六歳《さい》だし、背丈《せたけ》もほぼチャーリーと並ぶから、髭《ひげ》をそるふりをし、低い声を出せば十七歳に見せられると言った。モリーは、母さんが行かせないと言った。だからぼくは、抜《ぬ》け出すと言った。閉じこめることはできないさ。

「だって、二人とも行ってしまったら、誰《だれ》があたしたちを守ってくれるの？」

モリーは、ぼくに泣きつかんばかりだった。

「なんで守ってもらいたいなんて言うの、モリー？　うちでは誰だって、自分で自分のことをちゃんと守ってるじゃない。それにチャーリーは、うちにいてもしょっちゅう面倒《めんどう》に巻きこまれてるだろ」

これには言い返せず、二人は負けを悟《さと》り、ぼくは勝ちを悟った。ぼくは、チャーリーと一緒に戦争に行く。もはや誰も、何も、ぼくを止めることはできない。

あれからの長い二年間、ぼくは考え続けた。どうしてあのとき、あんなふうに、ほんのはずみで、チャーリーと一緒に行くことを決めてしまったんだろう？　しまいにこう結論づけた。チャーリーと離《はな》ればなれになることに耐《た》えられなかったからだと。ぼくらはいつでも一緒だった。何でも分かち合ってきた。モリーへの愛でさえ。もしかしたら、ぼくを置いて一人で冒険《ぼうけん》に出ていかれることが、いやだったのかもしれない。

それに、ハザリーの大通りを勇壮《ゆうそう》に行進していた真紅《しんく》の軍服の兵隊の姿。あれにたきつけられたんだ。そろった足並み、町にひびきわたる太鼓《たいこ》とラッパの音。特務曹長《そうちょう》のきびきびした号令――「戦闘《せんとう》準備！」。おそらくあの特務曹長が、ぼくの中に眠《ねむ》っていた感情、口にしたこともない感情を目覚めさせたのかもしれない。ぼくは、身近になじんできたもの何もかもを愛していた。自分がよく知っているもの。それは、家族、モリー、育った野や丘《おか》。だから、ぼくらの土地、ぼくらの場所へ敵兵が足を踏《ふ》みこむことは許せなかった。敵を阻止《そし》し、愛する人々を守るためにできるだけのことをしたい。それも、チャーリーと一緒に。

心の深いところでは自覚していた。チャーリーより、祖国より、楽隊より、特務曹長よりも大きな原因は、広場でぼくをあざわらった歯抜《はぬ》けばあさんの声だ――「おまえさん、弱虫じゃないんだろ？　弱虫じゃないんだろ？」。

本当は弱虫じゃないかどうか、自分でもわからなかった。それが知りたかったんだ。自分で証明したかった。自分で自分に証明せずにいられなかった。

二日後、つまり、ぼくを行かせまいとする母さんの説得を二日のあいだ受け流したあと、ぼくらはエグズフォード・ジャンクション駅に行った。チャーリーとぼくは、そこからエクスター行きの列車に乗った。ジョー兄ちゃんには、ぼくらが戦争に行くとは告げず、しばらく出かけるけど、すぐに帰ってくると言ってあった。本当のことは言っていないが、嘘《うそ》でもない。ジョー兄ちゃんの手前、母さんもモリーも涙《なみだ》をこらえた。ぼくらも同じだった。

「トモ、あたしのために、チャーリーのこと気をつけてちょうだいね。もちろん、自分のことも充分《じゅうぶん》気をつけて」

そう言うモリーと抱《だ》き合ったとき、お腹《なか》のふくらみを感じたように思った。

母さんはぼくに約束させた。常に清潔にすること。品行方正でいること。家に手紙を書くこと。必ず帰ること。

そして、チャーリーとぼくは列車に乗った——二人とも生まれて初めて汽車に乗った。ぼくらは窓から身を乗り出して手を振《ふ》っていたが、突然《とつぜん》煙《けむり》に巻かれて唾《つば》を吐《は》き、咳《せ》きこんで首をひっこめた。目の前の煙が消えて再び外を見たころには、駅はすでに見えなくなっていた。ぼくらは向かい合って座った。

「トモ、ありがとうな」チャーリーの言葉に、

「何が？」と、ぼく。

「わかってるだろ」

チャーリーが言い、二人とも窓の外を見た。それ以上言うことはなかった。

一羽のサギが川から舞《ま》い上がり、しばらくぼくらの列車についてきたが、右回りに向きを変えて高い木立の中に舞い降りていった。赤い雌牛《めうし》の群れが列車に驚《おどろ》き、しっぽを高く上げて散りぢりに走っていく。やがてトンネルに入った。長く真っ暗なトンネルの中は、轟音《ごうおん》と煙と闇《やみ》が満ちていた。その後の日々は、ずっとトンネルの中にいるような気がする。

こうして、チャーリーとぼくは、ガタガタゆられて戦争に向かった。あれから、ずいぶん長い年月が流れたような気がする。一生涯《いっしょうがい》ほどに。

午前二時十四分

何度も時間を確かめている。気にしないと決めたのに、そうせずにいられない。そのたびに、時計を耳にあてて音を聞く。時計は動いている。すべるように秒を刻み、分を刻み、時間を刻んでいる。あと三時間と四十六分と、ぼくに告げている。

チャーリーが前に言っていた。この時計は巻き忘れさえしなければ、決して止まらない、決してがっかりさせない。世界一の時計だ、世界一素晴らしい時計だと。だが違《ちが》う。もしもそんなに素晴らしい時計なら、ただ時を刻む以上のことをしてくれるはずだ。時を刻むだけなら、どんな古時計でもできる。本当に素晴らしい時計なら、時を紡《つむ》ぎ出してくれ。そうすれば、時計が止まると同時に時そのものが止まり、夜が終わらず、決して朝が来ることがないだろう。

チャーリーがよく言っていた。ここでは、借り物の時間の中で暮らしているんだって。ぼくはもう、これ以上時間を借りたくない。時間を止めてくれ。明日が決して来ないように。夜明けが決して来ないように。

また時計の音に耳をすます。チャーリーの時計に。動き続けている。聞くな、トモ。見るな。考えるな。ただ、思い出すことをしろ。

「じっとしてろ！　前を向け、ピースフル、けちな野郎《やろう》め！」……「腹を引け、胸を張れ、ピースフル」……「泥《どろ》に伏《ふ》せろ、ピースフル、おめえにゃ泥んこが似合いだろ、虫けら野郎。伏せろ！」……「あぁピースフル、近ごろは、こんなやつしか送れないのかよ？　てめえはくずだ。ろくでもないくずめ、おれが気合いを入れてやる」

初めてフランスに着いたとき、エタープルの閲兵場《えっぺいじょう》で、軍曹《ぐんそう》の〝暴虐《ぼうぎゃく》〟ハンリーが怒鳴《どな》りつける名前の回数は「ピースフル」が群を抜《ぬ》いて多かった。もちろん、その中隊にはピースフルが二人いたからということもあるが、原因は別のところにあった。ハンリー軍曹は、はじめからチャーリーに目をつけていた。その理由は、チャーリーはみんなと違って、軍曹の言いなりにならなかったから。チャーリーは軍曹を怖《こわ》がらなかったからだ。

エタープルに着く前は、チャーリーとぼくをはじめとして誰《だれ》も彼《かれ》も、兵隊生活といっても気楽なもので、たいした試練もなかった。実際、何週間か浮《う》かれ騒《さわ》ぎ、笑って過ごしただけだ。

エクスター行きの列車の中で、チャーリーが、ぼくらはふたごで通用するだろうと言った。ぼくが振《ふ》る舞《ま》いに気をつけて、低い声でしゃべるようにし、十七歳《さい》に見えるように練習しておけばいい。いよいよそのときがくると、連隊事務所の徴兵軍曹《ちょうへいぐんそう》の前で、ぼくは、チャーリーと同じ背丈《せたけ》まで背伸《せの》びをして立った。声でばれるとまずいので、チャーリーが二人分答えた。

「自分はチャーリー・ピースフル、彼《かれ》はトーマス・ピースフル。自分らはふたごであります。入隊を希望します」

「誕生日は？」

「十月五日であります」と、チャーリー。

「二人とも？」徴兵軍曹はそう聞きながら、ぼくをちらっと見たような気がした。

「もちろん、そうであります」チャーリーは平気で嘘《うそ》をついた。「自分が一時間だけ年長であります」

それで決まり。簡単だった。二人とも入隊した。

支給された軍靴《ぐんか》は硬《かた》くて、ぶかぶかだった。それより小さいサイズはないのだ。それで、チャーリーもぼくも、ほかの兵士たちも、まるでピエロのようにドタドタ歩きまわった。ブリキの帽子《ぼうし》とカーキ色の服を着たピエロ。軍服もサイズが合わなかったので、ぴったりのが見つかるまで交換《こうかん》した。

何百人という見知らぬ兵士の中に、故郷で見知った顔がいくつかあった。突《つ》き出た耳のニッパー・マーチンは、ドウルトンにある父親の農場でカブ栽培《さいばい》をしていたけちなやつだ。〈ザ・デューク〉のスキットルズでいかさまをやっていた。ピート・ブービもドウルトンの屋根屋で、リンゴ酒に目がない。赤ら顔で、スコップのような手をしている。イディズリーの村で、どこかの家の屋根高く上がって屋根をたたいているのをよく見かけた。学校で一緒《いっしょ》だったレス・ジェイムズもいた。村のネズミ獲《と》りで疣《いぼ》取りもするボブ・ジェイムズの息子だ。リトル・レスも父親のネズミ獲りと疣取りの才能を受け継《つ》いでいて、次の日の天気が雨かどうか当てられると言っていた。天気はたいてい当たった。いつも片まぶたがぴくぴく痙攣《けいれん》しているので、同じクラスのときは、ついつい目が行ったものだ。

ソールズベリー平原での訓練キャンプで緊密《きんみつ》な生活をしたおかげで、短い時間で充分《じゅうぶん》知り合うことができた。お互《たが》いを好きになる必要はなかった。それはまた別のこと。自分たちの役割を理解し、兵隊ごっこの練習をした。カーキ色の軍服――憧《あこが》れの真紅《しんく》の軍服とはまったく縁《えん》がなかった――の着方、アイロンでしわを取り、折り目をつける方法。靴下《くつした》の繕《つくろ》い方、ボタン、徽章《きしょう》、軍靴の磨《みが》き方。決まった時間内であっちこっちに行進する訓練。ぶつからずに回れ右する方法。上官に行き会った場合、必ず頭を右に向けて敬礼する作法。何もかも時間以内に済《す》ませること。

例外はレス・ジェイムズだった。リトル・レスは、ほかの兵隊と調子を合わせて腕《うで》が振《ふ》れなかった。どんなに曹長《そうちょう》や伍長《ごちょう》に怒鳴《どな》られても、だめだった。手足は調子を取って動くが、ほかの仲間とは合わない。それが問題だった。おまえは左足が二本あるのかと怒鳴られても、彼《かれ》は気にもとめないように見えた。そんなことが、よく笑いのたねになった。あのころはずいぶん笑ったものだ。

やがて、ライフル銃《じゅう》と背嚢《はいのう》、塹壕《ざんごう》掘《ほ》り用シャベルが支給された。重い背嚢を背負って丘《おか》を駆《か》け上がる訓練をし、まっすぐに撃《う》つ方法を習った。チャーリーは、教えてもらう必要がないほどうまかった。射撃《しゃげき》場《じょう》では、中隊じゅうでもずばぬけた腕前《うでまえ》を証明した。チャーリーが狙撃《そげき》兵《へい》の赤い徽章《きしょう》をもらったときには、ぼくはとても誇《ほこ》らしかった。チャーリー自身も大喜びだった。

銃剣《じゅうけん》の訓練にしても、まだ戦争ごっこだった。思いつくかぎりのいやらしい言葉を叫《さけ》びながら、藁《わら》人形に突撃《とつげき》させられた。あのころはまだ、そんな言葉をあまり知らなかったが。ぼくらは口々に汚《きたな》い言葉を吐《は》き、ののしりながら、憎《にく》いドイツ野郎《やろう》に銃剣をぐさりと突《つ》き刺《さ》した。そして教えられたとおりに刃《は》をねじってから引きぬいた。「胃を突きぬけ、ピースフル。何も考えるな。突け。ねじれ。引け」。

軍隊では何でも一列になって行う。一列に並んだテントで眠《ねむ》り、屋外便所でも一列に腰《こし》かける。用を足すときでさえプライバシーはない。それにはすぐ慣れた。実際、どこにもプライバシーなどなかった。毎日、どんなときでも仲間と一緒《いっしょ》に列を作って生活する。一列に並んで髭《ひげ》をそり、食事に並び、検閲《けんえつ》に並ぶ。

塹壕を掘る作業も一列で行う。縁《ふち》をまっすぐ掘った、まっすぐ延びる塹壕。掘るには早さも要求される。ほかの中隊と競争だ。みんな汗《あせ》だくになり、背中が痛くなった。手のひらにマメができて、ひりひりした。

「もっと早く！」伍長が叫ぶ。「もっと深くだ！　頭をぶっとばされたいのか、ピースフル？」

「いいえ、伍長！」

「ケツをぶっとばされたいのか？」

「いいえ、伍長！」

「タマをぶっとばされたいのか、ピースフル？」

「いいえ、伍長！」

「それなら、掘るんだ、チンタラ野郎。掘れ。戦地でおまえらが身を隠《かく》せるのは地面だけ、神聖なる大地だぞ。ヒュードカンが始まったら、言っとくが、もっと深く掘っとけばよかったと思うものだ。深く掘れば掘っただけ、長く生き延びる。おれにはわかってる。この目で見たからな」

将校や下士官からどんなに塹壕《ざんごう》戦の苛酷《かこく》さや命の危険について聞かされても、まだ、自分たちは衣裳《いしょう》をつけて舞台稽古《ぶたいげいこ》をしている役者みたいな気持ちだった。与《あた》えられた役は演じなければならないが、所詮《しょせん》ただのお芝居《しばい》——言葉にするとすれば、そんなふうに考えていた。実際には、それについて話すことはなかった。実は心の奥底《おくそこ》ではちゃんと理解していておびえていたから、あえて口に出さずに打ち消すか、ごまかすかしていたんだと思う。またはその両方を。思い出すのは、野外の丘《おか》での訓練だ。ある朝、朝日の中であおむけに横たわっていると、ピートが、はっとして起き上がった。

「聞こえる？　大砲《たいほう》だよ。フランスのほうから聞こえる。本物の大砲の音だ」

起き上がって耳をすませた。確かに聞こえた。遠くの雷《かみなり》の音だという者もいた。だが、確かに聞こえた。そのとき、互《たが》いの目の中に突然《とつぜん》の恐怖《きょうふ》の影《かげ》を認めた。あのとき初めて実感した。けれど、その同じ日の午後には、戦争ごっこのお芝居にもどっていた。背嚢《はいのう》を背負い、敵軍に見立てた彼方《かなた》の雑木林に突撃《とつげき》。合図の笛が鳴れば塹壕から這《は》い上がり、銃剣《じゅうけん》をかまえて前進。怒鳴《どな》り声の命令に従って草むらにうつぶせになり、草の上を匍匐《ほふく》前進。夏の熱をためた地面は温かく、キンポウゲが咲《さ》いていた。それを見てモリーを思った。そしてチャーリーを。故郷の牧草地に咲いていたキンポウゲ。

這って進む目の前を、花粉をたっぷりつけたミツバチが、花から花へとさらに花粉を集めている。ぼくはミツバチに話しかけたのを覚えている。「おい、ミツバチ。ぼくらは似たもの同士だな。おまえは荷物をずっしりぶらさげて、銃をしりにつけているけれど。ぼくらはそっくりじゃないか」。ミツバチは、ぼくの意見が気にくわなかったんだろう。飛び立ってどこかへ飛んでいってしまった。ぼくはそこに肘《ひじ》を突《つ》いて寝《ね》そべり、ミツバチの行方を追っていた。ぼくの物思いは、伍長《ごちょう》によって乱暴に破られた。

「おまえは何をしとるつもりだ、ピースフル。血まみれピクニックか？　立てぇ！」

入隊したばかりの何週間か、誰《だれ》かを恋《こい》しく思うことがなかった。モリーさえも。もちろんモリーのことも、母さんとジョー兄ちゃんのことも、しょっちゅう考えた。だがそれは、ほんの一瞬《いっしゅん》浮かぶだけ。チャーリーとはめったに家のことを話さなかった。いずれにせよ、二人だけで話すこと自体がほとんどなかった。大佐《たいさ》を恨《うら》むこともなくなった。もはや、そんなことをしても無意味だから。大佐は憎《にく》むべきことをしたが、それは過去のこと。現在ぼくらは兵士で、今のところそう悪くもない。何でも列に並んだり、命令に従ったりする不自由さはあるが、楽しくやっていけるはずだ。陽気に浮かれて。

チャーリーとぼくは、元気な手紙を家族に書いた。チャーリーの手紙は大部分がモリー宛《あ》て。ぼくはおもに母さんとジョー兄ちゃんに宛てて書いた。書いた手紙を声に出して読み合った。少しは兄弟らしいものを感じたかったんだろう。駐屯《ちゅうとん》している地名や訓練の内容は書くことを禁じられていた。それでも、いつだって書くことはたくさんあった。自慢《じまん》話はいくらでもあったし、聞きたいこともたくさんあった。ぼくらは本当のことを書いた。楽しく暮らしている――たいていは。食事も心配いらないし、品行方正にしている――ほとんどは。

だが、フランスに向けて乗船した瞬間《しゅんかん》に、楽しい時間は終わった。レス・ジェイムズが、空気の中に嵐《あらし》のにおいを感じると言った。いつもどおり、それは当たった。

乗船した兵士の中で、フランスに上陸する前に死にたいなどと思う者は一人もいなかった。ぼくたちをはじめ、ほとんどの者が海を見たことがなかったぐらいだから、灰色に大きく波打つイギリス海峡《かいきょう》を渡《わた》るのは初めての経験だった。誰《だれ》もが、ただ苦痛から逃《のが》れることだけを願ってもだえ、まるで酔《よ》っぱらった幽霊《ゆうれい》のように甲板上《かんぱんじょう》をよろめき歩いていた。

チャーリーとぼくが船べりから吐《は》いていると、一人の水夫が近寄ってきてやさしく背中をたたき、こう言った。苦しくて死にそうなら、馬と一緒《いっしょ》に船倉にいればずっと楽になるぞ。それを聞いてぼくらは、ふらつきながら降りる通路を探し、船の底深くに居場所を見つけた。おびえている馬たちのあいだにもぐりこみ、藁《わら》の中で体を丸めると、馬たちは仲間ができて喜ぶ素《そ》振《ぶ》りを見せた。ひづめが危険なほどすぐそばにあったが、気にもしなかった。水夫の言葉は正しかった。船倉は揺《ゆ》れがずっと少ないようで、鼻をつくオイルと馬糞《ばふん》のにおいにもかかわらず、気分がすぐによくなった。

長い時間の末にようやくエンジンが止まると、我々は甲板に上がり、初めてフランスの国土を見た。フランスのカモメが頭の上を飛びまわり、疑《うたぐ》り深い目でこちらを見たが、故郷で鋤《すき》を引きながら見かけたカモメと変わらないように思えた。下の波止場《はとば》周辺で聞こえる声は、みな英語だった。どの軍服も、どのヘルメットも、我々のと同じだった。

渡り板を歩いてさわやかな朝の空気の中へと降り立ったとき、目に入ったのは列をなす傷病兵の群れだった。足を引きずって、こちらへと波止場をやってくる。両目を包帯でおおった者、前列の兵士の肩《かた》にすがって進む者もいた。担架《たんか》で運ばれる兵士。そのうちの、乾《かわ》いた青ざめたくちびるにタバコをくわえ、煙《けむり》を吐いていた一人の兵士が、落ちくぼんだ黄色い目でぼくを見上げ、「幸運を祈るぜ」――すれちがいざまにそう言った。「やつらに思い知らせてくれ」。ほかの兵士は無言だった。黙《だま》って投げかける眼差《まなざ》しが、隊列を整え町へ行進するぼくら一人一人に、多くのことを語りかけていた。

そのとき、全員が気づいた。浮《う》かれ騒《さわ》ぎと、ごっこ遊びはもう終わったと。その瞬間から、これが現実であることを誰一人疑わなくなった。この戦場で演じるのは自分自身の人生であること。そして、その多くが死にいたることを。

もしも何人か、まださささやかな思い違《ちが》いをしている者があったとしても、エタープルの広大な訓練場を一目見たとたんに目が醒《さ》めただろう。目の届くかぎりの彼方《かなた》まで訓練場が広がっていた。テントの都市。そして、そこいらじゅうが兵隊だらけだった。軍事教練中の兵隊、行進する兵隊、駆《か》け足、腹這《はらば》い、車を押《お》し、敬礼し、ささげ銃《つつ》をしている兵隊。あれだけ大勢の人間があふれているのを見たのは初めてだった。あれだけ大勢の人間のざわめきを耳にしたこともなかった。あたりには、あちこちで号令をかける怒鳴《どな》り声がひびき、ひわいな言葉がこだましていた。

あそこで初めて〝暴虐《ぼうぎゃく》〟ハンリー軍曹《ぐんそう》に出会った。その後何週間も続く日々、ぼくらに祟《たた》り、苦しめぬいた人物。部下の毎日を悲惨《ひさん》にするために全力をかたむけた、その人だ。

初めてその姿を目にした瞬間《しゅんかん》から、ほとんどの者が恐怖《きょうふ》のどん底に突《つ》き落とされた。体格はそれほど大きくないが、鋼鉄のように冷徹《れいてつ》に刺《さ》しつらぬく目、笞打《むちう》つようなののしり声が兵士をすくみあがらせた。どんな兵士も縮みあがって、彼《かれ》の言いなりになるしかなかった。それが生き残るただひとつの手段だった。石を詰《つ》めた背嚢《はいのう》を背にして駆《か》け足で坂道を上らされようとも。凍《こお》りついたぬかるみに体を投げ出し、這いまわらされようとも。みな命令どおりにした。しかも、喜んでそうした。それ以外の行動――抗議《こうぎ》、不平、口答え、たとえ目を見返すだけでも――それをすれば、さらなる怒《いか》りを買うことになり、よりひどい苦痛を招き、余計にむごい刑罰《けいばつ》をくらうだけだとわかったから。

それは、チャーリーの身にふりかかったことで思い知らされた。チャーリーは、軍曹のつまらないジョークをまったく無視した。チャーリーが最初にトラブルに巻きこまれたのは、それがきっかけだった。

あれは日曜の朝だった。教会へ行進するために出発前の検閲《けんえつ》を受けていて、ハンリー軍曹がチャーリーの帽子《ぼうし》の徽章《きしょう》に目をとめた。曲がっていると。鼻と鼻を突き合わせるほど顔を近づけて、ハンリー軍曹はチャーリーを怒鳴りつけた。チャーリーの後ろにいたぼくのところまで、軍曹の唾《つば》のしぶきがかかった。

「自分が何だかわかるか？　てめえは人類の恥《はじ》だ、ピースフル。そうだろ？」

チャーリーはほんの一瞬《いっしゅん》考えたと思うと、よく通るしっかりした声で、ひるまずに答えた。

「自分は幸せ者です、軍曹」

ハンリー軍曹は面食らった。軍曹が期待する返事は全員がわかっていた。軍曹はもう一度聞いた。

「てめえは人類の恥だ。そうだろ？」

「申したとおり、軍曹、自分は幸せ者です」

ハンリー軍曹が何度質問を繰《く》り返そうが、どんな大声を出そうが、チャーリーは軍曹の仕掛《しか》けたゲームに乗らなかった。その結果、チャーリーは罰として当番外の歩哨《ほしょう》に立たされ、毎晩ほとんど一睡《いっすい》もさせてもらえなかった。以来ハンリー軍曹《ぐんそう》は、チャーリーに繰《く》り返し繰り返し難癖《なんくせ》をつけ、いたぶる機会を見逃《みのが》さなかった。

中隊の中には、そんなチャーリーの態度に批判的な兵士もいた。ピートがその一人だ。ピートの意見は、チャーリーは必要以上にハンリーを怒《おこ》らせている。そのせいで、ほかの者まで八つ当たりされるというのだ。正直いうと、ぼくも少しはそう思った。もっとも、彼《かれ》らにはそう言わず、チャーリーにも言わなかった。だがハンリー軍曹が、ぼくらの中隊に特別に辛《つら》く当たるのは確実だった。その原因が、チャーリーに対する根深い憎《にく》しみであるのも明らかだった。

チャーリーが挑《いど》んだスズメバチは、チャーリーだけでなく仲間全部を刺《さ》した。チャーリーは中隊のやっかい者のように思われだした。まるで疫病神《やくびょうがみ》のように。チャーリーは誰《だれ》からも好かれ、尊敬されていたから、面と向かって非難する者はなかった。だが、ピートとリトル・レス、ニッパー・マーチンがそっとぼくのところに来て、チャーリーに伝えてくれと言った。それで、ぼくはできるだけうまくチャーリーに警告しようとした。

「軍曹は、小学校のときのマニングズ先生と同じだよ、チャーリー。王様で、支配者。覚えてるだろ？　ここではハンリーが王様で支配者なんだ。刃向《はむ》かえっこないよ」

「だからって、おれが這《は》いつくばって、やつに踏《ふ》みつけられることはないだろ、トモ。大丈夫《だいじょうぶ》さ、今に見てろ。自分こそ気をつけろよ。後ろに気を配れ。あいつは、おまえに目をつけてるぞ、トモ。わかるんだ」

いかにもチャーリーらしい。警告しようとしたのに反論されて、しまいにはこっちが警告されてしまった。

事件のきっかけは、とるに足らないことだった。銃身《じゅうしん》の汚《よご》れ。今になって考えれば、ハンリー軍曹がチャーリーを挑発《ちょうはつ》するために、わざと起こしたトラブルだ。

そのころまでには、ぼくはチャーリーの弟だとばれていた。入隊には一歳《さい》足りないことも。ふたごのふりは、とっくにやめた。同郷のピート、リトル・レス、ニッパーと一緒《いっしょ》になっては白状しないわけにはいかない。それにもう、そんなことは問題ではなかった。連隊中に年齢《ねんれい》以下の兵士が何十人もいることを、誰でも知っていた。結局、集められるだけの若者が必要だったのだ。

ぼくは、そのことでよく仲間にからかわれた。「ほっぺが赤ちゃんのおしりみたい」、「髭《ひげ》そり要《い》らず」、「キイキイ声」。だが、チャーリーがぼくに気を配っていることを、みんな知っていた。手に負えないほどからかいがきつくなると、チャーリーがちらっと視線を飛ばす。それで終わりだった。チャーリーは過保護ではないが、何があろうとぼくを見捨てないということが、知れわたっていた。

ハンリーは卑劣《ひれつ》な男だが、愚《おろ》かではなかった。きっとやつも、ぼくらの絆《きずな》に気づいたのだろう。それで、ぼくにもけちをつけ、いじめだした。いじめを我慢《がまん》するのは、小学校時代のマニングズ先生でさんざん訓練を積んでいた。しかし〝暴虐《ぼうぎゃく》〟ハンリーは、部下を支配し苦しめることにかけて抜群《ばつぐん》の手腕《しゅわん》を発揮する人物だった。次から次へとぼくに難癖《なんくせ》をつけては、罰《ばつ》を与《あた》え続けた。懲罰《ちょうばつ》訓練と歩哨《ほしょう》の罰当番の連続で疲《つか》れ果て、ぼくはふらふらになっていた。そして疲れがたまるほど、さらに失敗を犯し、失敗を犯せばまたハンリーから罰を受けた。

朝の訓練で、ぼくらの隊は三列になって気を付けの姿勢で整列していた。すると、いきなり軍曹《ぐんそう》がぼくのライフル銃《じゅう》をつかんだ。そして銃身をじっくり見て「汚《よご》れ」と断定した。その罰はすぐわかった。誰《だれ》でも知っている。閲兵場《えっぺいじょう》を五周、頭上に銃を上げたままで駆《か》け足だ。

たった二周まわったところで、銃を頭の上に支えきれなくなった。肘《ひじ》が曲がり、腕《うで》が下がるとハンリーが怒鳴《どな》る。

「銃をおろせば、罰はふりだしにもどるぞ、ピースフル。五周追加だ、ピースフル」

頭がぐらぐら泳ぎ始めた。もはや走ることもできず、体がよろめいて、まっすぐ立つことすら難しかった。背中が焼けるように痛い。頭の上に銃を持ち上げる力など、まったく残っていなかった。誰かが叫《さけ》び出したのを覚えている。チャーリーだ。チャーリーはなぜ叫んでいるんだ？　それっきり意識を失った。

テントの中で目を覚ましたとき、仲間たちがそのあとの出来事を教えてくれた。チャーリーが隊列を乱して駆けだし、叫びながらハンリーにかかっていった。実際になぐったわけではないが、ハンリーに顔を突《つ》き合わせ、あいつについて思っているとおりのことをずばり口にした。みんなが言うには、見事に言い当てた言葉で、言い終わったときには全員が大喜びしたそうだ。しかしチャーリーは、逮捕《たいほ》されて営倉《えいそう》に連行された。

翌日、どしゃぶりの雨の中、大部隊全員がチャーリーの処罰《しょばつ》を見るために行進した。引き出されたチャーリーは、大砲《たいほう》の台車に縛《しば》りつけられた。「軍事刑罰《けいばつ》第一号に処す」――軍を指揮する准将《じゅんしょう》が、高い馬の背から宣言した。これは全軍への警告である。ピースフル二等兵の行《こう》為《い》は軽度の逸脱《いつだつ》。戦闘下《せんとうか》においては、このような不服従は反逆とみなされる。反逆は死刑《しけい》に値する。銃殺隊による死刑。

チャーリーは、雨の中に一日じゅう縛りつけられたままで置かれた。両足を開き、両手をワシのように広げた格好で。その前を行進したとき、チャーリーはぼくに向かって微笑《ほほえ》んだ。微笑み返そうとしたが、そうできずに涙《なみだ》があふれた。チャーリーの姿は、故郷のイディズリーの教会にある、十字架《じゅうじか》にかけられたイエスのように見えた。そう思ったら、日曜学校で歌った賛美歌が頭に浮《う》かんだ。「いつくしみ深き　友なるイエスよ」。

ぼくは涙をこらえようと、行進しながら心の中で歌った。ジョー兄ちゃんのネズミを埋葬《まいそう》したとき、果樹園の奥《おく》でモリーがその歌を歌っていたのを思い出す。思い出しながら、知らず知らずのうちに歌詞を変えていた。イエスをチャーリーに。行進を続けながら、ぼくは声なき声で歌っていた。「いつくしみ深き　友なるチャーリーよ」。

午前三時一分

寝入《ねい》ってしまった。貴重な時間を無駄《むだ》にした。どれだけ眠《ねむ》っていたか知らないが、取り返せない何分間だ。眠らずにいられるようになったはずだ。塹壕《ざんごう》での見張りで、さんざん睡魔《すいま》と闘《たたか》った。だがあのときは、寒さと恐怖《きょうふ》が寝ずの番の友だった。

睡魔に負ける瞬間《しゅんかん》への誘惑《ゆうわく》。暖かく、何もない世界へただよって行きたくてたまらない。負けるなトモ。負けるな。今夜さえ過ぎれば、ただよって行ける。永遠に眠っていられる。もう何の心配もないから。

「オレンジとレモン」を歌うんだ。さあ、歌え。ジョー兄ちゃんみたいに何度も何度も繰《く》り返し歌っていろ。そうすれば目を覚ましていられる。

「オレンジとレモン」聖クレメンツの鐘《かね》が鳴る
「五ファージング返せ」聖マーチンスの鐘が鳴る

「いつ、はらってくれる？」オールド・ベイリーの鐘が鳴る
「金持ちになったら」ショーディッチの鐘が鳴る
「それはいつ？」ステプニーの鐘が鳴る
「わかりっこない」ボウの大鐘が鳴る
さあ、寝床《ねどこ》まで照らすロウソクがくるぞ
さあ、首をちょん切る斧《おの》もくるぞ

最前線へ行くと聞いて、全員がほっとした。ぼくらは、エタープルとハンリー軍曹《ぐんそう》に永久に――と、なってくれればいいが――おさらばした。

隊列はフランスをあとにし、歌いながらベルギーに入った。ウィルクス大尉《たいい》は、兵士に歌を歌わせるのを好んだ。士気を高めるからと。そのとおりだ。歌えば歌うほど、ぼくらは快活になった――目に入る光景にもかかわらず。我々は固く扉《とびら》を閉じた村々の通りを行進し、野戦病院を通りすぎた。そこに待つのは空《から》の棺《ひつぎ》の山だった。

ウィルクス大尉は、故郷のソールズベリーでは聖歌隊指揮者であり、教師もしていたそうだ。

それで指揮が得意だったのだ。塹壕《ざんごう》での指揮もうまくできればいいがと、ぼくらは願うばかりだった。

ウィルクス大尉が〝暴虐《ぼうぎゃく》〟ハンリー軍曹と同じ軍隊の人間であり味方同士とは、とても信じられなかった。兵士にあれほどやさしく、思いやり深く接してくれる人物には、お目にかかったことがない。チャーリーが言うように、「大尉は、おれたちをまともに扱《あつか》ってくれる」。だから、我々も大尉に対してまともな態度をとった。ニッパー・マーチン以外は。ニッパーは、ことあるごとに大尉をからかった。あれは、そういうやつだ。ときどき意地悪くなる。いまだにぼくのキーキー声をからかうのは、あいつだけだ。

「みんな、へこたれるな！　よぉっし！　さあ、声出して歌うぞ。みんな、へこたれるな！　よぉっし！」

我々は歌いながら、足取りに新しい力を感じて行軍した。歌声がとぎれ、足音だけになったとき、チャーリーが「オレンジとレモン」を歌い始めた。みんな大笑いし、大尉も笑った。ぼくも歌い、すぐに全員が歌い始めた。なぜこの歌を歌うのか、もちろん誰《だれ》も知るはずがない。それはチャーリーとぼくとの秘密。歌いながらチャーリーがジョー兄ちゃんを思い、家族を思っているのがわかった。ぼくも同じだった。

大尉が告げた。我々が向かう地域は、ここしばらくは静かで、戦況《せんきょう》はそれほど悪くないと。

それを聞いてもちろんうれしくはあったが、正直どうでもいい気がした。今しがた別れた状《じょう》況《きょう》よりひどいことなど、あるはずないだろう。砲兵《ほうへい》中隊の駐屯地《ちゅうとんち》を通りすぎるとき、砲兵たちがテーブルを囲んでトランプをしていた。今は無言の大砲《たいほう》が、敵軍に向かって口を開いている。砲口が指している方角を見たが、敵兵の姿は見えなかった。

これまで見たことがある敵兵といえば、みすぼらしい捕虜《ほりょ》の一群だけで、行進するぼくらのわきの一本の木の下で、雨宿りしていた。彼《かれ》らの灰色の軍服は、泥《どろ》がべったりついていた。捕虜の中には笑顔を向ける者もいた。一人など手を振《ふ》って、こっちに呼びかけた。

「ハロー、トミー（イギリス軍兵士のこと）」

「おまえに話しかけてるぞ」

チャーリーが笑いながら言ったから、ぼくも手を振り返した。捕虜たちは、我々と変わりがなかった。ただずっと汚《きたな》いだけで。

遠くで二機の戦闘機《せんとうき》が、ノスリのように旋回《せんかい》している。少し近づいてみてわかったが、旋回ではなく、追撃《ついげき》していたのだ。距離《きょり》があるため、どちらが我が軍の機か、見分けがつかない。ぼくらは小さいほうが味方機と決め、気も狂《くる》わんばかりに応援《おうえん》した。そうしながら突然《とつぜん》思った。ずっと前、牧草地に着陸した黄色い飛行機のパイロットも、戦闘機に乗っているのだろうか？二機の戦闘機を目で追いながら、彼がくれたハッカ飴《あめ》の味が舌によみがえる気がした。太陽がまぶしくて二機の姿を見失ったと思ったとたん、小さいほうがきりもみしながら落ちてきた。声援《せいえん》は一瞬《いっしゅん》にして静まった。

休養基地で、最初の手紙を受け取った。チャーリーとぼくはテントに寝転《ねころ》び、一言一句覚えるまで何度も何度も読み返した。母さんとモリーから、それぞれ宛《あ》てに手紙が来ていた。どの手紙にも、最後にジョー兄ちゃんのサインがあった。親指にインクをつけて押《お》した、にじんだジョー兄ちゃんのスタンプ。そのわきに鉛筆《えんぴつ》書きで、ふぞろいの文字で大きく「ジョー」と書いてある。それを見て二人ともニヤリとした。字を書くジョー兄ちゃんの姿が目に浮《う》かぶ。便箋《びんせん》に鼻をくっつけるようにして、上下の歯のあいだから舌の先を突《つ》き出して。

母さんの手紙によれば、お屋敷《やしき》の大部分は将校用の病院になっているそうだ。そしてオオカミばばあが、そのねぐらをいっそう仕切っていると。モリーは、オオカミばばあが、おなじみの黒いボンネットではなく、今では大きな真っ白いダチョウの羽がついた、淑女《しゅくじょ》のようなつば広の麦藁帽子《むぎわらぼうし》をかぶっていると知らせてきた。そして、いつでも「腐《くさ》れ淑女」のような笑みを浮かべていると。モリーは、こうも書いていた。ぼくがいなくて寂《さび》しい。自分はときどき体調が悪いこともあるが、元気にしていると。戦争が早く終わって、またみんな一緒《いっしょ》に暮らせることを願っている。そのあとは読めなかった。なぜなら、ジョー兄ちゃんの指のあとがべたべたついているから。

ある晩、外出許可が出た。ぼくらは一番近い町のポープリングへ繰《く》り出した。その町は「ポップ」と呼ばれているらしい。ウィルクス大尉《たいい》が言うには、町の〝エスタミネ〟、つまりパブのような店に行けば、イギリス国外では一番うまいビールが飲めるし、世界一のエッグ・アンド・チップスが食べられるそうだ。

まさにそのとおりだった。ピート、ニッパー、リトル・レス、そしてチャーリーとぼくは、エッグ・アンド・チップスとビールをたらふく詰《つ》めこんだ。ぼくらはまるで、オアシスで水をむさぼるラクダのようだった。たまたま発見できた、二度と見つけることのできないオアシス。

その店に女の子が一人いて、皿を下げるとき、ぼくに笑いかけた。店主の娘《むすめ》だった。店主はいつもパリッとした服を着た、丸々太った陽気な男で、ちょうど髭《ひげ》のないサンタクロースというところだった。彼女《かのじょ》があの父親の娘とは、信じがたい思いがした。というのは、父親とは正反対の、妖精《ようせい》のように優美で美しい娘だったから。ぼくに笑いかけたのをニッパーが見とがめて、何かいやらしいことを言った。それを耳にした娘は行ってしまった。だが、ぼくは彼女の笑顔が忘れられなかった。エッグ・アンド・チップスとビールの味も忘れられなかった。

チャーリーとぼくは、大佐《たいさ》とオオカミばばあに何度も何度も乾杯《かんぱい》した。二人に不幸と苦難があることを願って乾杯。二人がとことん報《むく》いを受ける化《ば》け物の子どもに乾杯。そして、千鳥足《ちどりあし》になって休養基地にもどった。

あのとき初めて、ちゃんとビールが飲めた。そのことで自分が誇《ほこ》らしかった。ところが横になると、頭の中がぐるぐるまわりはじめ、底知れぬ恐《おそ》ろしい真っ暗な淵《ふち》に引きずりこまれるような恐怖《きょうふ》におそわれた。ぼくは頭をはっきりさせようとして、ポップのエスタミネの娘を思い描《えが》いた。だが、彼女を思えば思うほど、見えるのはモリーの姿なのだった。

砲声《ほうせい》で我に返った。ぼくらはテントから夜の闇《やみ》の中へ這《は》い出た。地平線に沿って、空が明るい。あの下にいる兵士は、敵も味方も、猛砲撃《もうほうげき》を浴びているのだ。

「イーペルだ」暗闇《くらやみ》の中、ぼくのとなりで大尉がそう言った。

「かわいそうなやつら」と、誰《だれ》かがつぶやく。「おれたちは、今夜ワイパーズ（イギリス軍兵士のあいだではイーペル戦線をこう呼んでいた）にいなくてよかったな」

我々はテントにもどって毛布の中で体を丸め、砲撃を受けているのが自分たちでないことを神に感謝した。けれど、誰もがわかっていた。自分たちにも順番がくることを。しかもすぐに。

翌日の夕方、我々は基地から前線に出た。その夜は砲撃がなかった。だが前方からは、ライフルと機関銃《きかんじゅう》の銃声《じゅうせい》が聞こえ、火炎《かえん》が上がり、絶え間なく光が闇を切り裂《さ》く。敵は近い。進む道は、まるで地球の中に向かって下っているかのようだ。そこはもう道ではなく、屋根のないトンネル、連絡壕《れんらくごう》だった。物音をたてるな。ささやきも禁止。一言も口をきくな。ドイツ軍の機関銃手《きかんじゅうしゅ》か迫撃砲《はくげきほう》に気づかれればおしまいだ。それだけ危険な地帯だった。

我々はののしり言葉も飲みこんで、ぬかるみの中をすべりながら進んだ。転ばないよう、互《たが》いにつかまりあって。向かい側から別の部隊が来てすれちがった。暗い目、疲《つか》れ果ててむっつりした顔。聞くまでもない。答えるまでもない。憑《つ》かれたような、狩《か》り立てられたような目が、すべてを語っていた。

ようやく我々の待避壕《たいひごう》に着いた。ただただ眠《ねむ》りたかった。長く、冷たい行軍だった。熱くて甘《あま》い紅茶を一杯《ぱい》飲んで、そして横になる。それだけを望んだ。だがぼくは、チャーリーと二人で歩哨《ほしょう》当番に立たされた。

生まれて初めて、鉄条網《てつじょうもう》を通して無人地帯を見た。イギリス軍の前線からドイツ軍の塹壕《ざんごう》地帯までは二百メートルもないと聞いていた。だが相手の姿は見えず、見えるのは鉄条網だけだった。今夜は静かだ。突然《とつぜん》機関銃の音がして、思わず首をすくめた。あわてることはなかった。味方の機関銃だ。それなのにぼくは、あまりの恐怖《きょうふ》に体がしびれたようになり、濡《ぬ》れた足の冷たさも、かじかんだ手の感覚もなくなっていた。

ふと気づくとチャーリーがいて、ぼくにささやきかけた。

「密漁にちょうどいい夜だよな、トモ」

暗闇《くらやみ》でチャーリーが微笑《ほほえ》む顔が見え、とたんに怖《こわ》さが消えた。

大尉《たいい》が言っていたとおり、静かだった。毎日ドイツ軍の砲撃《ほうげき》に身がまえていたが、砲撃はなかった。どうやらやつらは、はるか先のワイパーズを攻撃《こうげき》するのに忙《いそが》しくてこっちをたたくひまがないようで、それを残念とは思わなかった。もしかしたら弾《たま》がなくなったのかもしれないと、ぼくはそんな希望さえ持ち始めた。展望鏡をのぞくたび、灰色の兵の群れが無人地帯をこちらへ攻《せ》めこんでくる姿を期待したが、誰《だれ》一人やってこなかった。少しがっかりだった。時折狙撃兵《そげきへい》の射撃《しゃげき》が聞こえる。それで、夜は塹壕内での喫煙《きつえん》が禁止になった。「頭を吹《ふ》っ飛ばされたくないならな」――それが大尉の言葉だ。

こちらの大砲《たいほう》がドイツ側の塹壕に一発か二発を撃《う》ちこみ、あちらからも同じような砲撃が返ってくる。はじめは、敵であれ味方であれ、砲撃のたびにおびえ、震《ふる》えあがった。ときどき味方の砲弾《ほうだん》が、距離《きょり》が足らずに近くに落ちることがあった。そんなときにはぼくだけでなく、全員が震えあがった。だが、そのうちに慣れてきて、それほど気にならなくなった。

塹壕と待避壕は、以前駐屯《ちゅうとん》していたシーフォース連隊のスコットランド兵たちが散らかしたままになっていた。だから、明け方の見張りと、お茶、睡眠《すいみん》以外の時間は片づけをした。ウィルクス大尉――今では兵士からウィルキーと呼ばれていたが――は、片づけと清潔には口うるさかった。「ネズミが出るから」と。

今度も大尉の言うとおりだった。ぼくが最初に見つけた。塹壕の壊《こわ》れた壁《かべ》を補強する、支柱を立てる作業をしていた。シャベルを入れたら、ネズミの巣をひとつそっくり掘《ほ》り起こしたのだ。ネズミたちはぼくの軍靴《ぐんか》を乗りこえて、散りぢりに逃《に》げた。ぼくは一瞬《いっしゅん》ひるんだが、泥《どろ》水《みず》の中で踏《ふ》み殺そうとやっきになった。けれど、とうとう一匹《ぴき》も殺すことができず、それ以来いたるところにネズミが出るようになった。

幸い、仲間にはリトル・レスがいる。我らのネズミ獲《と》り職人だ。今や一匹ネズミが出没《しゅつぼつ》するたびに彼《かれ》が呼び出された。昼でも夜でも、どんなときでも彼は文句も言わず引き受けた。故郷に帰ったような気がするなどと冗談《じょうだん》めかして。彼はネズミのことを知りぬいているから、いつでも狙《ねら》いどおりに殺すことができ、勝利のしるしとして、その死骸《しがい》を無人地帯に投げ捨てた。しばらくすると、リトル・レスという強敵がいるのがネズミたちにもわかったようで、姿を消した。

だが、もうひとつの悩《なや》みのたねであるシラミは、各々が自分で始末しなければならなかった。たかったシラミは、火のついたタバコで焼き殺した。シラミは暖かいところに棲《す》みつく。皮膚《ひふ》のひだになった部分。衣服の縫《ぬ》い目、折り目。我々は風呂《ふろ》につかって、シラミをおぼれさせたいと願い、何より暖かくして、乾《かわ》いた体で過ごせることを願った。

塹壕《ざんごう》生活の最大の苦しみは、ネズミでもシラミでもなく、絶え間なく降り続く雨だった。雨は床《ゆか》を小川となって流れ、塹壕は泥水であふれるどぶと化す。どろどろのぬかるみは、まるでぼくらを捕《と》らえ、吸いこみ、おぼれさせるかのようだった。ここへ来てから、足が乾いていたことは一度もない。濡《ぬ》れた体のままで眠《ねむ》り、濡れた体のまま目覚める。ぐしょ濡れの服に冷気が沁《し》み入り、痛む骨々に刺《さ》さる。かろうじて眠りだけが安らぎを与《あた》えてくれた。眠りと食事。ああ、どんなにそれが待ち遠しかったことか。

ウィルキーは、明け方見張りにつく兵士たちに言葉をかけ、笑いかけて歩いた。ウィルキーはぼくらを奮い立たせ、元気を出させようとした。おびえていたとしても少しも素振《そぶ》りを見せず、部下たちに勇気を呼び起こした。

けれど、何といってもチャーリーこそが、なくてはならない存在だった。仲間をまとめるのはチャーリー。つまらない口論――狭《せま》い場所に鼻を突《つ》き合わせているから、言い争いが絶えなかった――をやめさせるのもチャーリー。ぼくらの気分が落ちこんでいるときに盛りたてるのも、チャーリー。チャーリーは、みんなの兄貴分だった。ハンリー軍曹《ぐんそう》に逆らって刑罰《けいばつ》を受け、処罰のあいだじゅう笑顔で通してからは、中隊の中でチャーリーを尊敬しない者は一人もいなくなった。実の弟としては兄の影《かげ》になってしまうと思われがちだが、ぼくは一度もそんなふうに感じなかったし、今も感じていない。ぼくはチャーリーの輝《かがや》きの中で生きてきた。

そのあとさらに何日か前線で辛《つら》い日々を過ごすあいだ、快適な休養基地に帰れる日を思い描《えが》いていた。ところが、いざもどってみると、休養基地では果てしのない作業が待っていた。装具整備、行進訓練、何度も装備の点検、ガスマスク装着訓練の繰《く》り返し。絶え間なく降る雨水を排水《はいすい》するための溝掘《みぞほ》り、下水路掘り。

それでも、故郷からの手紙を受け取ることができた。モリーと母さんから。二人はそれぞれに毛糸のマフラーと手袋《てぶくろ》、靴下《くつした》を編んで送ってくれた。あとは、少し行った農家の納屋《なや》で、湯気の立つ大桶《おおおけ》の共同風呂《ぶろ》に入った。それから、何よりの楽しみ、エッグ・アンド・チップスとビールを、ポップのエスタミネで味わうことができた。店にはあの、子鹿《こじか》のような目をした美しい娘《むすめ》がいたが、ぼくに気づかないこともあった。そんなときには悲しい心をなぐさめるため、いつもより多く飲んだ。

塹壕《ざんごう》にもどったぼくらを、その冬最初の雪が迎《むか》えた。雪が降るとぬかるみが固く凍《こお》るのが、天の恵《めぐ》みにすら思えた。風さえなければ前より寒さを感じなかったし、少なくとも足を濡《ぬ》らさずにいられたから。

我々の区域では比較的攻撃《ひかくてきこうげき》がおさまっていて、それまでのところ負傷兵も少なかった。狙撃《そげき》兵《へい》に撃《う》たれた兵士が一名。肺炎《はいえん》で入院した兵士が二名。慢性《まんせい》の塹壕足（凍傷《とうしょう》に似た足部疾患《しっかん》）が一名——塹壕足は、全員が少なからず罹《かか》っていた。見聞きしたかぎりでは、我々がいるのは、最高に運のいい区域のようだった。

本部からの指令。ウィルキーがそう告げた。偵察《ていさつ》を出して、我々がこの前線で敵対している相手軍の連隊名とその戦力をさぐらねばならない。偵察の理由は我々にはわからない。だが、偵察機がほぼ毎日飛んでいた。それで、その日からほぼ毎晩、兵士が四、五名選ばれて無人地帯に出て偵察を行うことになった。たいていの場合は、何も発見できずにもどってきた。もちろん、偵察に出たがる者などいなかった。だが、今のところは負傷する者もないし、偵察に出る前には特別にラム酒が二倍支給される。兵士たちの目当ては、それだった。

決まりどおりにぼくの番が近づいてきた。とくに不安はなかった。チャーリーが一緒《いっしょ》だ。あとはニッパー・マーチン、リトル・レス、それからピートだ。「スキットルズ・チームだな」とチャーリーが名前をつけた。ウィルキーが偵察隊の指揮をとることになり、ぼくらは喜んだ。ウィルキーは、ほかの偵察隊がなし得なかった成果をあげなければと言った。尋問《じんもん》するために捕虜《ほりょ》を捕《つか》まえて帰る。特別支給のラム酒をもらった。飲んだとたんに髪《かみ》の根元まで、足の爪先《つまさき》まで温まった。

「そばにいろよ、トモ」チャーリーがぼくにささやいた。

我々は塹壕を登って出て、腹這《はらば》いで鉄条網《てつじょうもう》をくぐった。そして身をくねらせて前進した。地面に開いた砲撃跡《ほうげきあと》の穴にすべりこみ、用心のために、しばらくそこに身をひそめた。ドイツ兵の話し声や笑い声が聞こえてくる。レコードの音楽も聞こえる。見張りの際に、そんな音や声が聞こえたことがあるが、そのときは遠い物音だった。今はすぐ近く。すぐそこだ。ものすごく怖《こわ》いはずなのに、そうでもない。興奮してはいるが、不思議に怖くなかった。たぶんラム酒のせいだ。また密漁に出たような、そんな感じだった。緊張《きんちょう》していた。危険を前に神経がぴりぴりしていた。だが、おびえてはいなかった。

無人地帯を越《こ》えるまで、永遠とも思うほど時間がかかった。果たしてドイツ側の塹壕《ざんごう》を見つけられるだろうかと思い始めた。そのとき、行く手に鉄条網《てつじょうもう》が見えた。身をくねらせて鉄線の隙間《すきま》から入りこむ。そしてうまく気づかれないまま、ドイツ軍の塹壕の中に降り立った。使われていないように見えたが、そんなはずはない。まだ人声と音楽が聞こえている。我が軍の塹壕よりずっと深く、幅《はば》も広く、がんじょうに造ってあるのがわかった。

ぼくはライフル銃《じゅう》を握《にぎ》りしめて、チャーリーのあとについて進んだ。仲間にならって腰《こし》を折って進む。物音をたてないように気をつけても、どうしても音が出る。なぜ誰《だれ》にも気づかれないのか、不思議だった。やつらの歩哨《ほしょう》はどこにいるんだ？　前でウィルキーが、ぼくらに向かって、リヴォルバーを持つ手を振《ふ》っている。行く手の待避壕《たいひごう》から、ちらちらもれる灯《あか》りが見えてきた。人声と音楽は、そっちから聞こえてくる。声からすると、少なくとも十人以上の兵士がいる。捕虜《ほりょ》は一人でいい。十人以上のドイツ兵を、どうするのか？

そのとき、待避壕のカーテンが開き、塹壕に光の洪水《こうずい》が流れこんだ。一人のドイツ兵が外套《がいとう》をはおりながら現れ、その後ろでカーテンが閉まった。一人っきりだ。こちらの望みどおり。最初は我々が目に入らなかったようだ。そして、見えた。彼《かれ》はほんの一瞬《いっしゅん》、動きを止めた。我々も動かない。互《たが》いに立ちつくしたまま、見つめ合った。彼が両手をあげて、一緒《いっしょ》に来てくれさえすれば簡単なことだった。だがそうせずに、悲鳴をあげて振り向き、カーテンを抜《ぬ》けて待避壕へ逃《に》げもどったのだ。その背中に手榴弾《しゅりゅうだん》を投げつけたのが誰かはわからない。爆発音《ばくはつおん》がして、ぼくは塹壕の壁《かべ》にたたきつけられた。そして呆然《ぼうぜん》と座りこんでいた。待避壕で悲鳴と銃声《じゅうせい》がした。続いて沈黙《ちんもく》。音楽もぱったりやんだ。

ぼくが待避壕に入ったときには、頭を撃《う》たれたリトル・レスが横たわっていた。両目がぼくを見つめていた。驚《おどろ》いているかのように見えた。数人のドイツ兵が倒《たお》れている。全員が動かなかった。全員が死んでいた。たった一人を除いて。その兵士は裸《はだか》で立っていた。血まみれになって、がたがた震《ふる》えて。ぼくも震えていた。彼は両手を空に突《つ》き出して、むせび泣いていた。ウィルキーがその肩《かた》にコートをかけてやり、ピートが待避壕から連れ出した。

我々は、味方の陣地《じんち》に向かおうとして、狂《くる》ったように塹壕からもがき出た。捕虜のドイツ兵は気が転倒《てんとう》して、泣き続けている。ピートが黙《だま》れと怒鳴《どな》りつけたのが、余計悪かった。大尉《たいい》に続いてドイツ側の鉄条網を抜け出て、走った。

一瞬、うまくやったと思った。そのとき照明弾《しょうめいだん》が上がり、突然《とつぜん》あたりが真昼の光に包まれた。ぼくは地面に身を投げ、雪に顔をうずめた。ドイツの照明弾《しょうめいだん》は、我が軍のものよりずっと長く燃え続け、我が軍のよりずっと明るかった。ぼくは捕《つか》まったと観念した。地面に体を押《お》しつけ、目を閉じた。神に祈《いの》り、モリーを思った。死ぬのなら、最後にモリーのことを思っていたい。でも違《ちが》った。ぼくは父さんに自分のしたことを詫《わ》び、そんなつもりじゃなかったと言っていた。背後では機関銃《きかんじゅう》が火を噴《ふ》き、続いてライフルの音。身を隠《かく》す場所もないから、死んだふりをした。

光が消えるのを待った。急に夜の暗さがもどる。ウィルキーが立てと言い、ぼくらは走った。よろめきながら。また何発も照明弾が上がり、機関銃の銃撃《じゅうげき》が再開された。ぼくらは砲撃跡《ほうげきあと》の大穴を目がけて飛びこみ、表面に張った氷を突《つ》き破り、底にたまった水の中に折り重なるように倒《たお》れこんだ。その瞬間《しゅんかん》、また銃撃。ドイツ軍全軍を目覚めさせたかと思うほどのすさまじさだった。

ぼくは、ドイツ兵とチャーリーと一緒《いっしょ》に、突き刺《さ》すように冷たい水の中でうずくまっていた。あたり一面銃弾《じゅうだん》が降る中、ぼくら三人は互《たが》いの体に頭をうずめてしがみついていた。味方の軍からも射撃があるが、気休めにもならない。チャーリーと二人で、ドイツ兵の捕虜《ほりょ》を水から引きずり出した。彼《かれ》が口からもらしていたのが独り言なのか、祈《いの》りなのか、ぼくにはわからなかった。

ウィルキーが斜面《しゃめん》の上のほうで倒れているのが見えた。すり鉢状《ばち》になった穴のふちのすぐ下だ。チャーリーが呼びかけても、返事がなかった。チャーリーがそばへ行って、体をあおむかせた。

「足をやられた」大尉《たいい》のささやき声。「両足とも動かない」

そこにいては危ない。チャーリーができるだけ静かに、ウィルキーの体を引きずって下ろした。ぼくらはウィルキーを介抱《かいほう》しようとした。捕虜が声を出して祈り始める。今度は祈りだとはっきりわかった。「ああ、神様《ドゥ・リーベ・ゴット》」――そう聞こえた。神様の呼び方はドイツでも同じなんだ。

穴の反対側からこっちへ、ピートとニッパーが這《は》ってくる。これでようやくみんな一緒だ。

大地が震《ふる》える。その衝撃《しょうげき》ごとに、体の上に泥《どろ》と石と雪が降り注ぐ。一番怖《こわ》いのは、砲弾《ほうだん》が爆発《ばくはつ》する音ではなかった。爆発してしまえばもうおしまい、死ぬか死なないかそれだけだ。恐《おそ》ろしいのは砲弾が頭上を飛ぶ悲鳴のような音、ヒューヒュー、ヒーンヒーン。どこに落ちるかわからない。今度の砲弾が自分に命中するかもしれない。

砲撃《ほうげき》は、始まったときと同じように突然《とつぜん》やんだ。静かだ。再び暗闇《くらやみ》が我々の姿を隠《かく》した。頭上をただよう煙《けむり》が大穴の中に降りてきて、鼻に入る。火薬のいやなにおい。誰もが必死に咳《せき》をこらえる。捕虜は祈りをやめ、外套《がいとう》をかぶって丸く縮こまっている。両手で耳をふさぎ、子どものように体をゆすぶっている。ジョー兄ちゃんみたいだ。

「おれは動けない」ウィルキーがチャーリーに向かって言った。「ピースフル、兵士たちを帰《き》還《かん》させる使命をおまえに託《たく》す。捕虜《ほりょ》もふくめてだ。さあ、行け」

「いいえ、大尉《たいい》。自分たちは一心同体であります。そうだろ、みんな？」

それで決まりだった。早朝の霧《きり》が厚く垂れこめるころ、我々はやっとのことで味方の塹壕《ざんごう》に到着《とうちゃく》することができた。もどるあいだじゅう、チャーリーがウィルキーを背中に背負って運んだ。塹壕に着いて救護隊が担架《たんか》を持ってくるまで、ずっと。

担架に乗って運ばれるとき、ウィルキーがチャーリーの手をとって言った。「ピースフル、病院に会いに来いよ。これはおれの命令だ」

チャーリーは、そうすると約束した。

捕虜を連行する兵が来るまで、ぼくらはドイツ兵と一緒《いっしょ》に待避壕《たいひごう》でお茶を飲んで一服した。彼《かれ》は、ピートが差し出したタバコを吹《ふ》かした。もう震《ふる》えてこそいなかったが、両目に恐怖《きょうふ》があふれていた。誰《だれ》も何もしゃべらなかった。いよいよ連行されるというとき、初めてドイツ兵が口を開いて言った。「ありがとう。ダンケ。どうもありがとう。ダンケ・シェン」

「おかしなもんだよな」彼が行ってしまうと、ピートが話し始めた。「あいつがすっ裸《ぱだか》で立ってたのを見たろ。軍服を脱《ぬ》いだら、おれたちとどこが違《ちが》うか、言えるか？　あいつ、ドイツ野《や》郎《ろう》にしちゃ、悪くないやつだったよな」

その夜、ドイツ軍の待避壕で頭に穴が開いたまま横たわるリトル・レスを思わねばならないはずなのに、ぼくの思いは別だった。捕《つか》まえたドイツ兵のことを考えていた。名前も知らないけれど、一緒にあの穴の底で身を縮めていたあのとき以来、リトル・レスよりも気心が知れたような気がしてならなかった。

ついに、我々は休養基地にもどることができた。といっても、全員ではなかったが。
ウィルキーのいる病院はすぐにわかったので、チャーリーが約束したとおり、面会に行った。病院は、広々とした土地に建つ城のような建物で、救急車が出入りし、あちらこちらで看護婦がきびきびと忙《いそが》しそうに働いていた。

「名前は？」受付の看護兵が尋《たず》ねた。

「ピースフル」チャーリーは、にっこりして言った。自分の苗字《みょうじ》をネタにしたジョークが得意なのだ。「ぼくらは二人ともピースフル（「平和な」「おだやかな」という意味）です」

看護兵は少しもおもしろがらず、さぐるようにぼくらの顔を見て言った。「チャーリー・ピースフルはどっちだ？」

「自分です」と、チャーリー。

「ウィルクス大尉から、おまえが来ることを聞いている」看護兵はそう言うと、机の引き出しに手を入れて腕《うで》時計を取り出した。「これを渡《わた》せとの伝言だ」

チャーリーは、それを受け取った。「どこにおられるんです？　会えますか？」

「今ごろはブライティー（イギリスまたはイングランドを指す俗語《ぞくご》）にもどっている。昨日発《た》ったんだ。容態が悪くてな。残念ながら、ここでは治療《ちりょう》のしようがなかった」

病院の階段を下りながら、チャーリーは腕時計を自分の手に巻いた。

「動いてる？」ぼくが聞いた。

「もちろん動いてるさ」チャーリーは、手首の時計を見せた。「どうだい？」

「いいね」

「いいなんてもんじゃないよ、トモ。素晴らしい。とんでもなく素晴らしい時計だ。いいか、おれに何かあったときには、これはおまえのものだ。わかったな？」

午前三時二十五分

さっきのネズミがまたやってきた。立ち止まって、ぼくを見上げている。逃《に》げようかどうしようか、ぼくが敵かそれとも味方かと、迷っている。

「びくびく、おどおどしている、つややかでちっぽけな動物よ……」

よく意味がわからないながら、この詩（スコットランドの詩人ロバート・バーンズの詩「ネズミに寄せて」。右はその冒頭《ぼうとう》部分）はすっかり覚えている。小学校のとき、バーンズ・デイ（ロバート・バーンズの生誕記念日）になると、マカリスター先生に暗誦《あんしょう》させられた。偉大《いだい》なスコットランド詩人の作品をひとつぐらい、いつまでも頭に刻んでおくのもよいのではないかというのが、先生の持論だった。

このちっぽけな動物は確かにびくびくしているけれど、スコットランドじゃなくてベルギー生まれのネズミだ。でも、こいつにあの詩を暗誦して聞かせてやろう。行儀《ぎょうぎ》よく聞いているところを見ると、意味がわかるらしい。マカリスター先生のスコットランド訛《なま》りのとおりに聞かせてやろう。一言も間違《まちが》わずにほとんど暗誦できる。マカリスター先生が知ったら、ぼくを誇《ほこ》りに思うだろうな。

詩を暗誦《あんしょう》し終わったら、ネズミは行ってしまった。また独りになった。何時間か前、朝まで誰《だれ》かに一緒《いっしょ》にいてもらいたいかと聞きに来たときに、ぼくは断った。軍隊つきの牧師も断った。あのとき、何か欲しいものはあるか？　何かすることは？　とも聞かれた。ぼくは何もないと答えた。今は思う。みんなにここにいてほしい。牧師さんも。仲間と一緒に歌を歌っていればよかった。エッグ・アンド・チップスを頼《たの》めばよかった。みんなでビールをがぶ飲みしていれば、今ごろは正体をなくしていられただろう。

なのに、ぼくの友はネズミ一匹《ぴき》。逃《に》げてしまった、ベルギー生まれのネズミ。


次に前線に送られてみると、そこは以前の〝静かな〟区域ではなく、ワイパーズの突出部《とっしゅつぶ》戦線ど真ん中だった。

もう何ヵ月にもわたって、ドイツ軍はワイパーズに猛攻撃《もうこうげき》を加えていた。ワイパーズを破壊《はかい》しつくし、屈服《くっぷく》させるために総力をあげてきた。何度も何度も町に侵攻《しんこう》しかけ、あと一歩というところで撤退《てったい》せざるを得ずにいた。だがそのたびに、町を囲む突出部は確実にせばまっている。ポップのエスタミネで交わされる会話や、数キロ東で日常的に繰《く》り返される砲撃《ほうげき》から見て、戦況《せんきょう》の深刻さを誰もが知っていた。我々が敵軍に囲まれ、三方から監視《かんし》されているのを誰もが知っていた。敵軍からはこっちの塹壕《ざんごう》に何なりと放りこむことができ、それに対して我々は手も足も出せずに、ただ苦笑いして耐《た》えるしかないのだ。

我々の新しい中隊指揮官バックランド中尉《ちゅうい》は、事態をこう告げた。我々が屈《くっ》すればワイパーズは敵軍に落ちる。ワイパーズを失ってはならないと。なぜ失ってはならないのか、その理由は言わなかった。そこがウィルキーと違《ちが》う。ウィルキーがいない寂《さび》しさを痛切に感じた。ウィルキー抜《ぬ》きのぼくらは、羊飼いのいない羊のようなものだった。

バックランド中尉は一生懸命《けんめい》なのだが、何せイギリス本国から赴任《ふにん》したばかり。正統派の英語は話せるだろうが、戦闘《せんとう》についてはぼくらよりも知らない。ニッパーは言った。やつは半人前の若造で、まだ学生だと。確かに、兵士の誰よりも若そうに見えた。ぼくよりも。

その夜、ワイパーズの市街を行軍しながら、いったい全体この戦いに何の意味があるのかと不思議でならなかった。視界のかぎり、町は残っていなかった。少なくとも町と呼べるものは何もない。そこにあるのはただ瓦礫《がれき》と廃墟《はいきょ》だけで、住人はおろか、犬も猫《ねこ》も姿を見せない。

破壊《はかい》されつくした公会堂の残骸《ざんがい》の前を過ぎるとき、見るに耐《た》えない姿で通りに横たわる二頭の馬の死骸《しがい》があった。そこらじゅうで兵隊や、大砲《たいほう》、救急車が忙《いそが》しげに動きまわっている。目の前の兵隊はこの町を砲撃《ほうげき》してはいないと知りながら、その姿にそれまで感じたことのない恐怖《きょうふ》を覚えた。あの馬の死骸《しがい》のむごたらしい姿は、頭の中から消しようがない。あの残虐《ざんぎゃく》な光景は、ぼくを、そして並んで行進する兵士全員を震《ふる》えあがらせた。誰《だれ》一人歌わず、誰一人口をきく者はなかった。ぼくはただ、新しい塹壕《ざんごう》という逃《に》げ場にたどり着くことだけを願って歩いた。できるだけ深い待避壕《たいひごう》に這《は》いずりこんで、隠《かく》れたかった。

着いてみると、今度の塹壕はがっかりするほどひどい状態だった。あれには、さすがのウィルキーだって落ちこむだろう。我々を何とか守ってくれるはずの頼《たよ》りの塹壕は、ただの底の浅い、壊《こわ》れかかったどぶよりましな程度の代物《しろもの》だった。おまけに前の地点よりも、ぬかるみが深かった。あたり一面に、胸の悪くなる悪臭《あくしゅう》がただよっている。あれは決して、泥《どろ》とよどんだ水のにおいだけではない。何のにおいか、ぼくにはよくわかっていた。兵士たちはみんなわかっていたが、あえて口に出す者はいなかった。ここから先は頭を下げて進めという命令が出た。ドイツ軍の狙撃手《そげきしゅ》に狙《ねら》い撃《う》ちされやすいからと。

待避壕に着くと、そこには少しはなぐさめがあった。深くて、暖かくて、乾《かわ》いていて、今までで一番よかった。それでもぼくは眠《ねむ》れなかった。その晩、身を横たえながら、外で猟犬《りょうけん》が待ちかまえる巣穴にうずくまるキツネの気持ちがわかる気がした。

次の朝、歩哨《ほしょう》に立った。ガスマスクをつけて自分の世界に閉じこもり、自分の息づかいを聞いていた。無人地帯をおおうように霧《きり》がわいている。目の前にある砲撃されつくした荒野《こうや》をながめた。草地も木々もなく、たった一枚の草の葉の面影《おもかげ》すらない。ただ泥と、砲弾《ほうだん》によって陥《かん》没《ぼっ》した穴だらけの土地。味方の鉄条網《てつじょうもう》の外のあちこちに、不自然に盛り上がった箇所《かしょ》がある。あれは埋《う》められずにいる兵士たち。ある者は灰色の軍服姿。ある者はカーキ色の軍服姿。空に向かって片手を突《つ》き出したまま、鉄線にひっかかっている兵士がいる。あれはイギリス兵。イギリス兵だった者だ。彼《かれ》が指している方向を見上げた。上空に鳥たちがいる。さえずっている。きらきらした目のクロウタドリもいて、有刺《ゆうし》鉄線に止まってこの世界に向けて歌を歌っている。止まる木がないのだ。

若造の中尉《ちゅうい》が言う、「油断せずに見張れよ、おい。注意深く見張れ」。あいつは、いつもそうだ。とっくにやっていることを、やれと言う。だが、注意深く見張っても、無人地帯で動いているのはカラスだけ、ほかには何も見えない。死人地帯だ。

歩哨の当番を終えて待避壕にもどり、お茶を飲んでいたとき、砲撃が始まった。それからの二日間、ずっと大砲《たいほう》の攻撃《こうげき》が続いた。それまでの人生で一番長い二日間だった。

ぼくは恐怖に身を縮めていた。仲間もみな同じ。各々がみじめな思いの中に閉じこもるしかなかった。轟音《ごうおん》で話ができない。眠ることもできない。眠りかけると、空を指差す手が目に浮《う》かぶ。父さんの手だ。それで、震えながら目を覚ます。ニッパー・マーチンも震えていた。ピートがなだめようとしたが、だめだった。時折ぼくは赤ん坊《ぼう》みたいに泣きわめき始め、チャーリーでさえ止められなかった。砲撃《ほうげき》をやめてくれと思う以外、何も考えられなかった。大地を元どおり静かにしてくれ。周囲が静かになってほしい。砲撃の終わりはドイツ軍の進撃《しんげき》を意味することはわかっていた。進撃に対する用意はある。毒ガスだろうか。火炎《かえん》放射器だろうか。それとも手榴弾《しゅりゅうだん》か、銃剣《じゅうけん》か。進撃されてもいい。進撃するがいい。とにかくこの砲声《ほうせい》さえやんでくれれば。

ようやく砲撃がやむと、命令が出た。ガスマスク装着。銃剣かまえ。塹壕《ざんごう》の入り口に立て。目の前にただよう煙《けむり》をすかして目をこらす。煙をついてドイツ兵が進撃してくるのが見えた。彼《かれ》らの銃剣がきらめく。はじめ、見えたのは一人か二人。そのあと何百人も、何千人も。

チャーリーがぼくのとなりにいる。

「大丈夫《だいじょうぶ》、トモ。大丈夫だよ」

チャーリーはぼくの気持ちがわかるんだ。怖《こわ》がっているのがわかる。逃《に》げ出したいのがわかっている。

「おれがするとおりにしろ、いいな？　そばを離《はな》れるなよ」

ぼくはそばを離れず、逃げもしなかった。チャーリーがいたからだ。

戦線全体にわたる銃撃戦《じゅうげきせん》が始まった。機関銃《きかんじゅう》、ライフル銃、大砲《たいほう》。ぼくも銃を撃《う》った。どこを狙《ねら》うでもなく、ただ撃った。撃って、弾《たま》をこめ、また撃った。ドイツ軍の進撃は続く。相手側に弾が届いていないように見える。相手は痛手を受けずに押《お》し寄せてくる。まるで、灰色をした無敵の亡霊《ぼうれい》兵団のように。ぐらりと体がかたむき、悲鳴をあげ、倒《たお》れこむ兵士が出始めて、ようやく彼らを生身の人間と信じられるようになった。彼らは勇敢《ゆうかん》だった。彼らは歩みを止めなかった。どれだけ多くの兵士が倒れようと、残りの隊列が進撃してくる。こちらの鉄《てっ》条網《じょうもう》に到達《とうたつ》したとき、彼らの鬼気迫《ききせま》る眼差《まなざ》しが見えた。

鉄条網がドイツ軍の足を止めた。砲撃をかいくぐって残った鉄条網だ。隙間《すきま》を見つけるドイツ兵は少なく、塹壕にたどり着く前に撃ち倒された。残った兵は、わずかばかりになっていたが、向きを変え、つまずきながら自分の陣地《じんち》へもどり始めた。ライフル銃を放り出して逃げる兵士もあった。勝利の歓《よろこ》びが体の奥《おく》から湧《わ》き上がるのを感じた。戦闘《せんとう》に勝った歓びではない。同士と一緒《いっしょ》に踏《ふ》みとどまれた。ぼくは逃げなかった。

「弱虫じゃないんだろ？」

違《ちが》うよ、ばあさん。ぼくは弱虫じゃない。意気地なしじゃない。

合図の笛が鳴り、立ち上がって仲間に続いた。我々は鉄条網の隙間を抜《ぬ》けてなだれ出た。地面には倒れたドイツ兵が折り重なり合い、それを踏まずに前進するのは難しかった。彼らには同情もしなかったが、憎《にく》しみも感じなかった。彼らは我々を殺しに来た。だから我々が殺した。

ぼくは目を上げた。我が軍の反撃《はんげき》に、ドイツ兵が逃《に》げていく。今やこちらから狙《ねら》い撃《う》ちだ。思いのままに銃撃《じゅうげき》する。

気づかないうちに無人地帯を越《こ》えていた。鉄条網《てつじょうもう》を抜《ぬ》ける穴を見つけ、ドイツ側の前線塹《ざん》壕《ごう》に飛びこむ。ぼくは獲物《えもの》を探す狩人《かりゅうど》だ。獲物を殺す。だが、獲物は逃げたあとだ。塹壕は無人だった。

バックランド中尉《ちゅうい》が塹壕の胸壁《きょうへき》の上で叫《さけ》んでいる。続け。やつらを蹴散《けち》らせ。ぼくは中尉に続いた。全員が続いた。彼《かれ》は、思ったより半人前じゃなかった。右も左も、目に入るかぎり、イギリス軍兵士が大地を埋《う》めつくして突撃《とつげき》している。ぼくもその一人だ。急に気分が高揚《こうよう》するのを感じた。

ところが、前方に見えていたはずのドイツ兵の姿が消えた。どうしたらいいかわからない。チャーリーを探してまわりを見まわすが、どこにもいない。そのとき、一発目の砲弾《ほうだん》がうなりをあげて飛んできた。ぼくは、ぬかるみの中に身を投げ出すようにして地面に身を伏《ふ》せた。砲弾はぼくのすぐ後ろで爆発《ばくはつ》し、そのとたん、耳が聞こえなくなった。しばらくして、ようやく頭を上げてようすを見た。前方では、イギリス兵がまだ前進している。行く手はどこもかしこもライフル銃が火を噴《ふ》き、機関銃が炸裂《さくれつ》している。

一瞬《いっしゅん》、自分は死んだと思った。音がなく、現実感がない。すぐそばで、音のない爆風《ばくふう》が嵐《あらし》のように激しく巻き上がる。目の前で味方の兵士が大鎌《おおがま》で刈《か》られるようにばたばたとなぎ倒《たお》され、あとかたもなく吹き飛ばされる。兵士たちが泣き叫ぶのが見えるが、その声は聞こえない。まるで、自分がその場にいないみたいだ。この惨状《さんじょう》が、自分には無関係の出来事のようだ。

同胞《どうほう》の兵士たちがよろめくように、こちらへ退却《たいきゃく》してくる。その中にチャーリーはいない。中尉がぼくの体をつかみ、引きずり起こした。ぼくを怒鳴《どな》りつけ、体をまわして味方の塹壕のほうに向けて押《お》し出した。ぼくは、みんなと一緒《いっしょ》に走ろうとした。みんなに遅《おく》れないように。でも、足が重くて走れない。バックランド中尉がそばについて、ぼくをせきたてる。兵士たちをせきたてる。いいやつだったんだ。

銃弾《じゅうだん》を受けたときも、中尉はすぐわきにいた。彼は膝《ひざ》を折って倒れ、ぼくを見上げたまま死んだ。ぼくは中尉の目の光が消えるのを見た。前のめりに顔から地に伏すのを見た。

それからあと、自分がどうやってもどったのかわからない。ともかくもどれた。気づいたときには、半分がらがらになった待避壕《たいひごう》で体を丸めていた。チャーリーはいなかった。チャーリーはもどらなかった。

時間がたつにつれて、少なくとも耳は聞こえるようになった。そうはいっても、聞こえるのは耳鳴りばかりだったが。ピートがチャーリーの情報を持っていた。ドイツ軍の塹壕からもどるとき、確かにチャーリーを見た。片足を引きずり、ライフル銃を杖《つえ》にしていたが、大丈夫《だいじょうぶ》だったと。それで、かすかな希望を持ったものの、さらに時間がたつとともに潮が引くように希望が消えていった。

横になると、すべての恐怖《きょうふ》がまざまざとよみがえってきた。撃《う》たれて膝《ひざ》を折った中尉《ちゅうい》の、ぼくに何か言おうとして、とまどったような顔。何千という兵士の、声のない叫《さけ》び。そんな光景をかき消そうとして、チャーリーが無事でいる話をいくつも考え出して自分自身に語って聞かせた。チャーリーは砲弾《ほうだん》が作った穴にいて、雲が月を隠《かく》すときを待って這《は》いもどってくるはずだ。チャーリーはみんなからはぐれて、前線から離《はな》れたどこか別の中隊にたどり着いたんだ。朝になれば道もわかってもどってくるはず。よくあることだ。

ぼくの考えはまわりつづけ、休むことがなかった。考えを中断するような砲撃《ほうげき》も起こらなかった。外の世界は静まり返っていた。どちらの軍の兵士も、疲《つか》れ果てて塹壕《ざんごう》に横たわるか、血を流して死にかけているかのどちらかだった。

翌朝、歩哨《ほしょう》に立つころには、チャーリーがもどらないのは確実になっていた。ぼくが考えた話はすべて作り話に過ぎなかった。ピート、ニッパー、そのほかの仲間がチャーリーは生きているに違《ちが》いないとなぐさめてくれた。でもそうじゃないことが、ぼくにはわかっていた。悲しくはなかった。心が麻痺《まひ》していたからだ。ライフル銃《じゅう》を持つ両手も何もかも、すべての感覚がなくなっていた。ぼくはチャーリーが死んだ無人地帯をながめた。死んだ兵士たちは、風に吹《ふ》き寄せられるように鉄条網《てつじょうもう》の際《きわ》で積み重っている。チャーリーも、あの中にいる。

モリーと母さんに何て知らせよう。頭の中に母さんの声が聞こえる。なぜチャーリーが帰ってこないのかを、ジョー兄ちゃんに説明している。チャーリーは天国へ行ったのよ。父さんとバーサのところへ。ジョー兄ちゃんは悲しむだろう。体をゆするだろう。お気に入りの木に登って、悲しげに「オレンジとレモン」を歌うだろう。でも、何日かたてば、兄ちゃんなりの信仰《こう》がなぐさめをもたらしてくれる。チャーリーが天国へ昇《のぼ》ったと心から信じるから。教会の塔《とう》の上のどこかへ。

ジョー兄ちゃんがうらやましかった。ぼくはもう、神の慈悲《じひ》も天国の存在も、信じるふりすらできない。まったく信じない。人間同士がどんなにむごいことをするか見てしまった今では。ぼくが今いる地獄《じごく》の存在なら信じる。この世の地獄。人間が作った地獄だ。神が創《つく》ったのではなく。

その晩、まるで夢遊病者のように歩哨に立っていた。空には星がたくさん出ていた。モリーは星をよく知っている。北斗《ほくと》七星。天の川。北極星。密漁したときに何度も教えてくれた。ぼくはそれを思い出そうとした。たくさんの星の中から知っている星を見つけようとしたが、できなかった。無限の空間を見上げ、その不思議さと美しさに打たれていると、再び天国の存在を信じそうになった。

ぼくは、西に輝《かがや》く明るい星をチャーリーの星と決めた。そのとなりの星は父さん。二人してぼくを見下ろしている。チャーリーに、父さんがどうして死んだか話しておけばよかった。今はもう、ぼくらのあいだに秘密はないのだから。隠《かく》していてはいけない。だから、輝きまたたくチャーリーの星に向かって、声を出さずに語りかけた。チャーリーは理解してくれるだろう。ぼくを責めないだろう。

すると、チャーリーの声が頭の中で聞こえた。「居眠《いねむ》りしながら見張ってるんじゃないぞ、トモ」――そう言った。「眠りそうじゃないか。おまえ、銃殺《じゅうさつ》されるぞ」。

ぼくは目を見開き、強くまばたきした。それから、深呼吸して冷たい空気を吸い、眠気《ねむけ》を覚まそうとした。

そのあとすぐだ。鉄条網《てつじょうもう》の外に何か動くものが見えた。耳をすます。まだ耳鳴りがおさまらず、確信がもてないけれど、声が聞こえたようだ。人の声。頭の中で聞こえる声ではない。ささやき声だ。

「おい！　誰《だれ》かいるか？　おれだよ。チャーリー・ピースフル。D中隊。入るぞ。撃《う》つなよ」

いつの間にか眠りこみ、正夢《まさゆめ》になってほしいような、飛びっきりいい夢を見ているらしかった。ところが、また声が聞こえた。さっきより少し大きく。

「何してんだよ、いったい。誰もかれも寝《ね》こんでるのかい？　チャーリーだよ、チャーリー・ピースフル」

鉄条網の下から、黒い影《かげ》がこっちへ向かってくる。夢じゃない。ぼくが作った作り話でもない。ほんとのチャーリーだった。もう、顔がわかる。向こうもぼくに気がついた。

「トモ、この寝ぼすけ野郎《やろう》。頼《たの》む、手を貸してくれ」

ぼくは、その手をつかみ、体を塹壕《ざんごう》に引きずりこんだ。

「会えてよかったよ！」

チャーリーがそう言い、ぼくらはしっかり抱《だ》き合った。そんなこと、今までしたことがなかった。涙《なみだ》が出るのを隠そうとしたが、チャーリーが泣いているのを見て、ぼくも安心して泣いた。

「いったいどうしたの？」ぼくは聞いた。

「足を撃たれた。信じられるか？　靴《くつ》が撃ちぬかれてた。ブタみたいに血が出たよ。陣地《じんち》にもどろうとして、砲撃穴《ほうげきあな》の中で気絶したらしい。気がついたら、みんな退却《たいきゃく》したあとで、おれだけが置いてけぼりだった。夜になって、暗くなるまで待ってたんだ。夜中じゅう這《は》いずって来た、そんな気がする」

「痛い？」

「何も感じない。おまけに、もう片方の足も感じないのさ。凍《こお》っちまったんだな。心配いらないよ、トモ。すっかりよくなるよ」

その晩、チャーリーは担架《たんか》で病院へ運ばれた。


その後、隊が前線から退くまで何日ものあいだ、ぼくは面会に行けなかった。行けるようになるとすぐ、ピートと二人で病院に行った。チャーリーはベッドに起き上がって、顔じゅうにこにこして笑っていた。

「ここはいいぞ。いつか入ってみろよ。けっこうな食事が一日三回、看護婦つき。泥《どろ》んこなし。おまけにドイツ野郎《やろう》からはうんと遠い」

「足はどうなの？」ぼくが聞くと、

「足？　足って何？」そう言って自分の足をたたき、「これは足じゃないぞ、トモ。家に帰る切符《きっぷ》だよ。どこかの気の利《き》くご親切なドイツ野郎が、最高のプレゼントをくれたってわけ。ブライティー行きの切符だよ。おれはイギリス本国の病院に送り返されることになったんだ。細《さい》菌《きん》感染してて、何箇所《かしょ》も骨折しているんだと。治すには手術が必要で、そのあと安静もね。それで、明日護送されるんだ」

チャーリーのために喜ぶべきだとはわかっていた。ぼくもそうしたかった。でも、そんな気持ちになれなかった。頭の中は、戦争には二人一緒《いっしょ》に来たじゃないかという思いでいっぱいだった。何が起ころうと二人で助け合ってきたじゃないか。それなのに、今チャーリーは、つながりを断ち切ろうとしている。ぼくを置き去りにしようとしている。ぼくを置いて自分だけ家に帰るなんて、ひどすぎる。しかも、恥《は》ずかしげもなく、手放しに幸せそうにして。

「おまえからもよろしくって伝えるよ、トモ。ピートがおれの代わりにおまえの面倒《めんどう》をみてくれるさ。なあピート、こいつの面倒みてやってくれるだろ」

「面倒みる必要なんてないよ」ぼくは突《つ》っぱねた。

それなのにチャーリーは、聞こえなかったのか、無視したのか、「それから、こいつの行動に気をつけてくれよ、ピート。あの、ポップのエスタミネの娘《こ》、あれがこいつに目をつけてるから。頭から食われないようにな」

ぼくがうろたえるのもかまわず、二人は大笑いした。ぼくは傷つき、気分を害したのを隠《かく》すことができなかった。

「なあ、トモ」と、チャーリーはぼくの肩《かた》に手を置いて「あっという間にもどってくるよ」そして、初めてまじめな顔で言った。「約束する」

「それじゃ、モリーに会えるんだね。母さんにも？」ぼくが聞くと、

「会えるようにするさ。何とかして休暇《きゅうか》をもらうよ。または病院に来てもらえるかもしれな

いし。運が良ければ、赤ん坊《ぼう》の顔が見られるかもな。あと一ヵ月もしないうちに、おれは父親になるんだぞ、トモ。おまえも叔父《おじ》さんになる。考えてもみろよ」

だが、チャーリーがブライティーに発《た》った夜、ぼくは言われたことなど全然考えなかった。ぼくはポップのエスタミネで、ビールに怒《いか》りをまぎらせていた。悲しみではなく、怒りだった。チャーリーへの怒り。ぼくを置き去りにした怒り。モリーに会い、家に帰ることへの怒り。ぼくは会えないし、帰れないというのに。すっかり酔《よ》いがまわったぼくは、脱走《だっそう》まで考えた。チャーリーを追っていく。海岸まで行って、ボートを見つけよう。何とかして家に帰るんだ。

自分のまわりを見まわした。その晩、店には百人かそれ以上の兵士が来ていた。ピートもニッパー・マーチンも、そのほかの連中もいた。それなのに、ぼくは孤独《こどく》だった。みんなが笑っても、ぼくは笑えなかった。みんなが歌っても、ぼくは歌えなかった。エッグ・アンド・チップスさえ食べる気がしなかった。店の中は息苦しいほど暑く、タバコの煙《けむり》がよどんでいた。ぼくは息がつまりそうだった。それで、いい空気を吸いに外へ出た。そのとたん正気にもどり、脱走の計画をすぐに捨てた。休養基地にもどろう。悩《なや》む必要もない。脱走は銃殺刑《じゅうさつけい》だもの。

「トミーさん？」

彼女《かのじょ》だった。店の娘《むすめ》だ。ワインボトルの入ったかごを運び出していた。

「気持ち悪いの？」

そう問いかけてきた。ぼくは口をしっかり閉じたまま、首を横に振《ふ》った。ぼくらはしばらくのあいだそこに立ち、ワイパーズで始まった重砲撃《じゅうほうげき》の轟《とどろ》きに耳をかたむけていた。町の上空は、まるで怒りに燃えた夕日に照らされたように明るかった。輝《かがや》く炎《ほのお》が上がり、しばらく空中に留まって前線の上に落ちていく。

「きれいだわ。きれいなはずないのに」

何か話したかった。だが、できそうもない。急に涙《なみだ》がこみあげる。家に帰りたい。モリーに会いたい。

「何歳《さい》?」娘が聞いた。

「十六」ぼくはつぶやいた。

「私《わたし》と同じ」と娘。そして、近づくとぼくの顔を見て、「前にも会った?」

ぼくはうなずいた。

「また、会える?」

「ああ」

娘は行ってしまい、ぼくはまた夜の帳《とばり》の中に一人取り残された。気持ちが静まっていた。心がおだやかになり、強くなった気がする。休養基地まで歩いてもどりながら決心した。我々の隊は明日から訓練に送られるけど、もどったらすぐポップへ行こう。あのエスタミネへ行こう。

そしてあの娘《こ》がエッグ・アンド・チップスをぼくのところに運んできたら、勇気を出して名前を聞き出す。

二週間後、ぼくはもどった。そして、そのとおりのことをした。

「アンナ」と、その娘《むすめ》は答えた。そして、ぼくの名前がトモだと言ったら、鈴《すず》の音《ね》のような笑い声をあげ、「それじゃあ、ほんとなのね。イギリスの兵隊さんはみんなトミーだって」

「トミーじゃないよ、ぼくはトモ」

「同じだわ」と笑って、「でも、あなたは違《ちが》う。ほかの兵隊さんと違う気がする」

牧場で働き、馬の世話をしていた話をすると、ぼくを馬小屋に案内して父親の荷馬車の馬を見せてくれた。がっしりとして大きく、堂々とした馬だった。馬をなでているうちに、二人の手がふれた。すると娘がぼくにキスをした。彼女《かのじょ》のくちびるが、ぼくの頬《ほお》をそっとかすめた。

ぼくは娘と別れて、風の吹《ふ》きすさぶ道を休養基地へ歩いて帰った。高く昇《のぼ》った月の下で、「オレンジとレモン」を大声で歌いながら。

テントにもどると、ピートがしかめっ面でぼくを迎《むか》えた。

「トモ、そんなにくそ楽しそうな顔していられないぞ。この知らせを聞けばな」

「何のこと？」と、ぼくは尋《たず》ねた。

「我らの新しい軍曹《ぐんそう》さ。エタープルの〝暴虐《ぼうぎゃく》・冷血〟ハンリーってだけのこと」

それからの毎日は、目覚めているあいだじゅうハンリーにいびりぬかれた。おまえらは腰抜《こしぬ》けだ――あいつはそう言った。おまえらは腑抜《ふぬ》けの兵士だから、自分がなぐりつけて気合いを入れるんだと。そして、ハンリーを満足させるまで外出を許可しなかった。もちろん、彼《かれ》が満足することはない。だから、外出してアンナに会いに行くことができなかった。

前線にもどるまでの日々、ハンリーはぼくらを追いまわし続け、頭の中であのガミガミ声が鳴りひびいた。誰《だれ》もかれも、ハンリー軍曹を猛毒《もうどく》のごとくに憎《にく》んだ。ドイツ兵よりもはるかにずっと、ハンリー軍曹が憎かった。

午前四時ごろ

夜空に朝のきざしが見え始めた。まだ、ほの白い夜明けの光は見えないが、確実に夜は闇《やみ》の色をうすめつつある。雄鶏《おんどり》が時を作り、わかってはいても信じたくない事実をぼくに告げている。夜が明けようとしていることを。それも、もうじき。

故郷の朝は、チャーリーと一緒《いっしょ》に学校まで歩いた。秋は重なった落ち葉を踏《ふ》み、水たまりの氷を割って歩いた。または、大佐《たいさ》の川で夜じゅう密漁をして、三人で森を抜《ぬ》けて朝早く帰ってきた。そして、ぼくらに気づかずにいるアナグマの穴をしゃがんでのぞきこんだものだ。

こっちの朝は、いつも腹の奥《おく》にひとつの恐怖《きょうふ》をかかえて目覚める。また死と向き合うとわかっている。昨日までは、別の人の死だった。でも今日は、自分の死かもしれない。これが、自分にとって最後の朝日になるかもしれない。この世の最後の日に。

今日がいつもと違《ちが》うのは、今朝は誰《だれ》の死に向き合うのかがわかっていることだ。どう死ぬかもわかっている。

その点では悪くもないかもしれない。そう考えるんだ、トモ。そういうふうに。

いつもぼくは思っていた。チャーリーが一緒にいてくれないと、途方《とほう》にくれることばかりだろうと。だが実際は、そうはならなかった。本国からまっすぐやってきた新兵たちが仲間に加わったおかげだ。我々には補充兵《ほじゅうへい》が必要だった。そのころには、戦死と負傷、病気で、人数が約半分に減っていた。残った我々は、新兵から見れば歴戦の戦士、戦場を知りつくした存在と思えるらしく、賞賛と尊敬、そして少なからず恐《おそ》れの念も持たれたようだ。

自分ではまだ若いと思っていたのに、ぼくはもう若く見えなくなっていた。ピートとニッパー・マーチン、そしてぼくは、今や古参兵となり、それらしくふるまった。我々は交代で新兵を励《はげ》まし、戦闘《せんとう》の話で脅《おど》したり、なだめたり、からかったりした。おそらく、与《あた》えられた役割を演じて、自分自身を奮い立たせていたのだろう。そんなわけで、恐怖を感じるひまがなかった。ひとかどの兵士らしく取りつくろうのに忙《いそが》しかったからだ。

しばらくのあいだ、前線での暮らしも比較的《ひかくてき》静かになっていた。我が軍もドイツ軍も、時たまの砲撃《ほうげき》で刺激《しげき》する程度の攻撃《こうげき》と、夜の偵察《ていさつ》以上のことはしなかった。待避壕《たいひごう》と塹壕《ざんごう》に引きこもる毎日では、さすがのハンリー軍曹《ぐんそう》でも、すでに悲惨《ひさん》な我々の生活にほんの少し悲惨さを加えるぐらいしかできずにいた。とはいえ軍曹は、ひっきりなしに点検を繰《く》り返し、その当然の結果として罰則《ばっそく》を与《あた》えまくった。

そんな中でも、何日にもわたって砲声《ほうせい》が静まり返り、春の太陽が輝《かがや》いてぼくらの背中を温め、ぬかるみを乾《かわ》かす日々があった。何よりもまず、乾いた体でベッドに入ることができた。考えられない贅沢《ぜいたく》だ。奇跡《きせき》のような贅沢だった。もちろんネズミは出るし、シラミはそれまで以上に我々をいたぶった。だが、それまでのみじめな毎日と比べれば、まるでピクニックのようなものだった。

そのうち新兵たちは、塹壕戦《ざんごうせん》のことも、我々古参兵が作ったおおげさな話と思い始めた。目下のところ、彼《かれ》らの最大の悩《なや》みは、退屈《たいくつ》とハンリー軍曹だった。確かに、とくにピートは、話を多少誇張《こちょう》しているとも言える。けれどもピートをはじめ、それまでの我々の話は、ともかく大部分は実際に起きた事実に基づいたものだった。ところがぼくらの誰《だれ》一人、あのピートでさえ、想像もできず、考えつきもしなかったことが起きた。静かな五月の朝、とてもそんなことが起こりそうもない日のことだ。

今や、明け方の見張り勤務は、ありふれた、ただ退屈でいやな仕事と思われがちだった。攻《こう》撃《げき》がおもに明け方に行われるのは、誰でも知っていた。しかしそのころになると、何事もないのが当たり前のようになっていた。確かに、それまでかなり長いあいだ、何事もない日が続いていた。それで我が軍の見張り当番は、青空に眠気《ねむけ》を誘《さそ》われたのかもしれない。それとも、ちょっとサボったのかもしれない。ドイツ野郎《やろう》は眠りこんでいるようだ。それは好都合。こちらもひと寝入《ねい》りするか、などと。

そのとき突然《とつぜん》、目を覚ます事態が起こった。ぼくは待避壕《たいひごう》にいて、家への手紙を書き始めたばかりだった。

母さんへの手紙から書いた。しばらく手紙を出さず、後ろめたくなっていた。鉛筆《えんぴつ》の芯《しん》が何度も折れて、何度も削《けず》った。仲間たちは、日を浴びてうとうとするか、座ってタバコを吹《ふ》かしながら無駄話《むだばなし》をしていた。ニッパー・マーチンはライフル銃《じゅう》の手入れ。彼《かれ》はいつでも銃の手入れを忘れなかった。

「ガスだ！　ガスだ！」

叫《さけ》び声が塹壕じゅうにこだました。一瞬《いっしゅん》、うろたえ、身動きできなかった。我々は毒ガス攻撃に備えて、何度も何度も訓練を受けていた。それなのに、誰もが不器用にガスマスクをまさぐり、装着にまごついた。

「銃剣《じゅうけん》かまえ！」

まだガスマスクをつけようと苦心惨憺《さんたん》している最中に、ハンリー軍曹が怒鳴《どな》った。我々はライフルをつかみ、銃剣《じゅうけん》をかまえた。塹壕《ざんごう》の入り口に上がって無人地帯を見渡《みわた》した。そして見た。〝あれ〟がこっちへ向かってうねり寄せてくるのを。

あの恐《おそ》ろしい殺人雲については、たっぷり聞かされていた。だがそのときまで、実際に見たことがなかった。死をもたらす巻き髭《ひげ》が前方をさぐり、黄色い長い筋のようになって進行方向を見定めようとしている。ぼくの居場所をかぎつけ、探し出そうとしている。

見つかったぞ。毒ガスは方向を定めると、まっすぐこっちへ向かって流れてきた。ぼくはガスマスクの中で叫《さけ》んだ――「畜生《ちくしょう》！　畜生！」。毒ガスは、さらに近くへ。我が軍の鉄条網《てつじょうもう》をふわりと越《こ》え、有刺鉄線《ゆうしてっせん》のあいだをくぐる。道筋の何もかもが飲みこまれていく。

頭に指導官の声がひびく。この前の訓練のとき、ガスマスク越《ご》しにぼくに向かって叫んだ指導官の姿が目に浮《う》かんだ。「その場になるとうろたえるからな、ピースフル。ガスマスクは神様みたいなもんだ。奇跡《きせき》のようにおまえを救ってくれる。ただし、心から信じきることが肝心《かんじん》だ」。でも、ぼくは信じない。奇跡を信じない。

毒ガスは、ほんの一メートルのところまで来ている。一瞬《いっしゅん》のうちに、ぼくにおおいかぶさり、取り囲み、入ってきた。ぼくはうずくまり、膝《ひざ》のあいだに顔をうずめた。両手をヘルメットの上に。そして、毒ガスがぼくの頭の上を流れすぎるように祈《いの》った。塹壕の上を通りすぎ、誰《だれ》かほかの獲物《えもの》を探してくれ。

しかし、そうはしなかった。毒ガスはぼくを取り囲んだ。自分に言い聞かせる。息を止めろ。息をしちゃだめだ。黄色い靄《もや》越《ご》しに、塹壕の中一面がガスで満たされるのが見えた。毒ガスは待避壕《たいひごう》へただよい、すみずみにまで首を突《つ》っこんで、ぼくを探す。ひとり残らず探し出そうとしている。ひとり残らず殺そうとしている。全兵士を。

ぼくはまだ息を止めている。仲間たちが走りまわり、よろめき、倒《たお》れるのが見えた。ピートがぼくに怒鳴《どな》っている。ぼくは引きずり起こされ、二人して走った。息をしないわけにはいかない。息をしないと走れない。ガスマスクのせいで前が見えず、つまずいて転んだ。壁《かべ》に頭をぶつけ、意識を失いかける。ガスマスクがはずれた。つけなおすが、息をしてしまった。もう遅《おそ》い。目がひりひりする。肺が焼けるようだ。咳《せ》きこみ、吐《は》き、むせた。ぼくは、やみくもに走った。毒ガスから少しでも離《はな》れられれば、どこでもいい。

ようやく、ガスの被害《ひがい》がない予備の塹壕を見つけた。ガスから抜《ぬ》け出せた。ぼくはマスクをねじり取って、きれいな空気を吸いこんだ。それから四つん這《ば》いになって、激しく吐いた。

どれぐらい時間がたっただろう、最悪の状態がおさまり、涙《なみだ》でかすむ目を上げた。すると、ガスマスクをつけた一人のドイツ兵が、ぼくにおおいかぶさるようにして立っていた。ぼくの頭にライフル銃《じゅう》を突きつけて。ぼくには銃がない。終わりだ。ぼくは身がまえた。ところが彼《かれ》は撃《う》たなかった。ゆっくり銃をおろす。

「行け」追いはらうように銃《じゅう》を振《ふ》り、そう言った。「行けよ、トミー。行け」

こうして、一人の心やさしい見ず知らずのドイツ兵の気まぐれによって、ぼくは生還《せいかん》することができた。あとになって野戦病院で聞いたところによると、我が軍は反撃《はんげき》に出たそうだ。その結果ドイツ軍を後退させ、前線の塹壕《ざんごう》を取りもどした。だが、まわりを見るかぎりでは、その代償《だいしょう》は高価なものだった。

ぼくは医者の診察《しんさつ》を受けるために、歩ける負傷者の行列に並んだ。医者は目を洗って検査をし、胸に聴診器《ちょうしんき》をあてた。ひどく咳《せき》が出るというのに、任に耐《た》えうると診断《しんだん》された。

「きみは運がいい。ほんの一息吸っただけだ」

診察が終わって出ると、運が良くなかった兵士たちに出会った。彼《かれ》らは表の太陽の下に横たえられていた。知っている顔がたくさんあった。二度と会えない顔。一緒《いっしょ》に暮らした仲間。冗《じょう》談《だん》を言い合い、トランプで遊び、共に戦った仲間。ピートを探したが、そこにはいなかった。だが、ニッパー・マーチンがいた。遺体の列の最後だ。ひっそりと横たわっている。そのズボンに緑色のバッタが一匹《ぴき》とまっていた。

夜になって休養基地にもどると、テントにピートが一人でいた。ピートは、ぼくの姿を見て、まるで幽霊《ゆうれい》でも見たように目を丸くした。ニッパー・マーチンのことを知らせると、初めて涙《なみだ》を流しそうになった。ぼくらは、熱くて濃《こ》いお茶を飲みながら、互《たが》いにどうして助かったかを語り合った。

毒ガス攻撃《こうげき》を受けたとき、ピートもぼくと同じように走って逃《に》げた。ほかの仲間もそうした。そのうち何人かと一緒になり、予備塹壕で再編成されて反撃隊の一員となったのだそうだ。

「おれたちはまだここにいるんだなあ、トモ。まだ生きてる」ピートが、そう言った。「それが肝心《かんじん》なんだよ、たぶん。残念ながら〝暴虐《ぼうぎゃく》・冷血〟ハンリーも生き残った。それはともかく、おまえにいいニュースがあるぞ」

そして、二通の手紙を振《ふ》って見せた。「二通きてる。運のいいやつだ。おれの家からは全然手紙がこない。ま、驚《おどろ》くことじゃないさ。だって、誰《だれ》も字が書けないんだからな。ああ、妹は書けるさ。でもおれたち、今じゃもう口もきかないんだ。なあトモ、おまえの手紙をおれに読んで聞かせてくれないか？　おれも手紙をもらったと思えるように。読んでくれよ、トモ。聞いてるから」

ピートは寝《ね》そべって、組んだ両手の上に頭をのせて目を閉じた。いやとは言えなかった。

今もここに持っている。家からの最後の手紙だ。全部とっておくつもりだったが、なくなったり、何度も濡《ぬ》れてしまい読めなくなって捨てたりしたのがある。だがこの二通だけは、大切に大切に守ってきた。この中には、ぼくの愛する人たちが全部いるから。ロウをひいた紙に包んで、ポケットにしまってある。心臓のそばに。この手紙を何度も何度も読み返した。読むたびに、手紙の中からみんなの声が聞こえる。文字からみんなの顔が見えてくる。

今、この手紙を読むことにしよう。テントでピートに読んでやった最初のときのように。母さんの手紙が先だ。なぜなら、あの日も母さんの手紙から読んだから。

愛《いと》しい息子へ

元気でいてくれることと思います。素敵な知らせがあります。先週の月曜日の朝早く、モリーに男の赤ちゃんが生まれました。想像がつくでしょうが、この幸せに、みんなは大喜びしました。そしたら、それから一週間もしないうちに、玄関《げんかん》のノックに出てみたら、なんとチャーリーがポーチに立っているんですもの。私《わたし》たちがどんなに驚《おどろ》き、大喜びしたかも想像がつくでしょう。チャーリーは前よりやせたようだけど、ずいぶん大人になっていました。きちんと食べていないようだから、これからはちゃんと食べなさいと言ったわ。チャーリーの話では、こちらの新聞に書いてあるほどではなくて、二人ともベルギーで楽しくやっているそうですね。村へ行くと、会う人ごとにあなたたちのことを聞かれます。大叔母《おおおおば》さんからも。

大叔母さんは、赤ちゃんが生まれたとき、真っ先にお祝いに来てくれました。ハンサムと言ってもいいけど、少し耳が突《つ》き出てると言われました。もちろん、そんなことはないのだけれど、モリーはすっかりショックを受けていました。どうしていつも、ああいうことをおっしゃるんでしょうね。そういえば、大佐《たいさ》は（あの方の言葉を信じるとすればですけど）、ご自分一人でもこの戦争に勝てるだろうにって。あなた方の父さんは、まったく正しく大佐を評価していたものです。

村はだいぶ変わりました。悪くなる一方です。たくさんの若者が日々入隊していきます。土地を守って働く男手が、ほとんどありません。生垣《いけがき》は伸《の》び放題、畑も作付けできずにいます。悲しいことに、フレッドとマーガレット・パーソンズ夫婦の家では、ジミーが帰らぬ人となった知らせを先月受け取りました。負傷がもとで、フランスで亡《な》くなったそうです。

それでも、チャーリーが短いあいだでも来てくれたことと赤ちゃんの誕生が、私たちをとても元気づけてくれました。チャーリーによると、近いうちに味方側の大きな攻撃《こうげき》があるから、それにイギリスが勝利して戦争が終わるそうですね。そのとおりになるように祈《いの》っています。

愛しい息子。チャーリーが帰ってきても、ジョー兄ちゃんとモリー、それから赤ちゃんがいても、あなたがここにいないと、この狭《せま》い家がまだ空っぽのような気がします。どうか無事で、早く帰ってきてください。

　あなたを心から愛する、母より。


　そして例によって、手紙の最後には、ジョー兄ちゃんが親指にインクをつけて押《お》したスタンプがあった。わきには、クモみたいな字で名前が大きく書いてある。

「おれたちが、こっちでどうしてるって？」突然《とつぜん》、ピートが怒《おこ》りだした。「楽しくやってるだと。なんで、あいつはそんなこと言うんだ？　なんであいつは、ここがほんとはどんなか言わないんだ？　どんなにお先真っ暗で、いやになるほど滅茶苦茶《めちゃくちゃ》か。どんなに気のいいやつらが、何千人もの人間が、無駄死《むだじ》にしてるか。無駄死にだぜ！　おれが言ってやるよ。ちょっとでも機会をくれれば、おれが教えてやる。そんなことを言うなんて、チャーリーは恥《はじ》を知るがいい。今日死んだやつらが、楽しくやってるのか？　どうなんだ？」

　ピートがこんなに怒るのを見たことがなかった。冗談好《じょうだんず》きのひょうきん者で、ふざけてばかりいる男なのに。ピートはぼくに背中を向け、体を丸めて横になると、それ以上口をきかなかった。

　それで、次の手紙は一人で読んだ。チャーリーからの手紙。ともかくほとんどは。母さんのと違《ちが》って、チャーリーの手紙は字の間違《まちが》いや、線を引いて消した部分が多くて、とても読みにくかった。

親愛なるピースフル二等兵へ

知ってのとおり家にもどっているよ、トモ。遅《おく》れてごめんな。「遅れても、来ないよりまし」だ。おれは立派に父親になったぞ。おまえは立派に叔父《おじ》になった。見たこともないほど素晴らしい子だ。おまえにも見せたいよ。見られるぞ、きっとすぐに。モリーが、この子は父親よりハンサムだって言うんだ。それは絶対認めない。

ジョー兄ちゃんは、眠《ねむ》ってる赤ん坊《ぼう》のそばにつきっきりで座ってる。バーサがいたころと同じだ。ジョー兄ちゃんは、おれがまたすぐに行ってしまうんじゃないかと心配してる。もちろん、すぐ行くさ。おれたちがどこにいて、何をしているのか、兄ちゃんにはわからないんだ。わかりっこないさ。兄ちゃんには言わないほうがいい。誰《だれ》にも言わないほうがいい。

退院したあと、うまく三日間だけ休暇《きゅうか》がもらえたんだ。もう、あと一日しか残っていない。無駄にしないようにするよ。最後に、おまえに知らせることがある。みんなで、このちびすけの名前をトモと決めた。名前を呼ぶたびに、おまえがここにいるような気になれる。みんな、そう願ってるんだ。モリーからも一言書きたいとさ。だから、これで終わりにするよ。元気でな。

兄のチャーリー、または、もう一人のピースフル二等兵より。

愛《いと》しいトモへ

うちの小さなトモに、勇敢《ゆうかん》なトモ叔父《おじ》さんのことを話して聞かせていることを、あなたに知らせたくてペンをとりました。このいやな戦争が終わったら、またみんな一緒《いっしょ》に暮らせるのよって。この子はあなたの青い目と、チャーリーの黒い髪《かみ》と、ジョー兄ちゃんの笑顔を受け継《つ》いでいます。それだから、とても口で言えないくらい、この子を愛しく思います。

あなたのモリーより。

この二通の手紙を、ぼくは何度も繰《く》り返し読んだ。ほとんどそらで言えるようになるまで。この手紙が、目の前に続く日々を生きる糧《かて》になった。この手紙から、チャーリーの帰りを待ち望む希望をもらった。気が狂《くる》いそうになるのを食い止める力をもらった。

いかにハンリー軍曹《ぐんそう》といえども、前線にもどる前には手をゆるめ、休みをくれるだろうと思い、ひたすらそれを願っていた。だが、あいつの本性はそんなものではないと、とっくに知っておくべきだった。軍曹はこう告げた。おまえらは連隊の恥《はじ》だ。毒ガス攻撃《こうげき》を受けた際の行動は、臆病者《おくびょうもの》の群れに成り下がっていた。こうなったら気合をぶちこんでやるしかないと。そのとおり、朝に昼に晩に、来る日も来る日も我々に気合をぶちこみ続けた。検閲《けんえつ》、訓練、特訓、指導、さらに検閲。情け容赦《ようしゃ》もなく兵士を追いたて、絶望と疲労《ひろう》の底に突《つ》き落とした。

　エクスボーンの旅館の息子で新兵のベン・ガイは、持ち場で居眠《いねむ》りをして刑罰《けいばつ》をくらった。前にチャーリーが受けたのと同じ軍事刑罰第一号。何日にもわたって砲台《ほうだい》の車輪に縛《しば》りつけられた。どんな天気でもおかまいなしに。エタープルでのチャーリーのときと同じく、話しかけることも、水を飲ませることも禁じられた。

　今までで最も暗い日々だった。ハンリー軍曹は、どんな塹壕戦《ざんごうせん》よりも悲惨《ひさん》な毎日をもたらした。兵士から生気を奪《うば》い、かすかに残る最後の力も絞《しぼ》り取り、希望を打ち砕《くだ》いた。夜、テントに横たわりながら、ぼくは一度ならず脱走《だっそう》を考えた。それともポップのアンナのところへ行き、かくまってもらおうか。イギリスへ帰れるよう助けてもらおうか。

　だが朝がくると、臆病者になるための勇気すら消えうせてしまうのだった。ぼくは脱走しなかった。なぜなら、逃《に》げるには臆病すぎたから。ピートやほかの仲間と別れられなかったから。チャーリーがもどったときに、いないわけにいかないから。ぼくはここに残った。なぜなら、モリーがぼくを勇敢だと言ったから。赤ん坊《ぼう》にぼくの名をとってトモと名づけたから。モリーを辱《はずかし》めることはできない。赤ん坊を辱めることはできない。

　驚《おどろ》いたことに、前線に送られる前に一晩だけ自由時間が許可された。全員が、まっすぐにポップへ、エスタミネへ向かった。ほぼ全員がビールと料理を目指した。ぼくも同じだった。だが、仲間たちと歩いて町へ入るうちに気づいた。ぼくの心の中はエッグ・アンド・チップスよりも、アンナに会いたい思いでいっぱいだった。

ところが、ビールを運んできたのはアンナではなかった。別の娘《むすめ》。誰《だれ》も今まで見たことのない娘だった。店を見まわしたが、アンナがほかのテーブルに料理を運んでいるようすもない。見知らぬ娘がエッグ・アンド・チップスを持ってきたときに、アンナがどこにいるのか聞いてみた。娘は言葉がわからないというように肩《かた》をすくめたが、その素振《そぶ》りの何かが、実は通じていると思わせた。わかっているけれど、言いたくないと。

ピートとチャーリーのせいで、ぼくがアンナを好きなことはいつしか中隊じゅうに知れわたっていたから、アンナを探していると、みんなからあからさまに野次《やじ》られた。ぼくはうんざりして、あざける笑い声を背にして、彼女《かのじょ》を探しに外へ出た。

まず最初に馬小屋を見た。前にアンナが連れていってくれた場所だ。だが空《から》だった。ぼくは暗さを深める農場の轍《わだち》をたどり、鶏《にわとり》小屋を過ぎて、馬が畑に出ていないか見に行った。そこにアンナもいるかもしれない。だが、ヤギが二匹《ひき》つながれてメーメー鳴いているだけで、馬もアンナもいなかった。そのとき思いついた。店にもどって裏口で聞いてみよう。

ぼくは勇気を奮い起こした。店のざわめきが流れてくるので、かなり大きな音でノックしなければならなかった。ゆっくり扉《とびら》が開いた。アンナの父親だった。そのようすには、おなじみのきびきびした物腰《ものごし》も笑顔もなく、シャツにズボンつりをしただけの姿で、髭《ひげ》が伸び、髪《かみ》もぼさぼさだった。手に酒ビンを持ち、酔《よ》ってどんよりした表情。ぼくを見て、明らかに迷惑《めいわく》そうな顔をした。

「アンナは？　アンナはいますか？」

「いいや。アンナはいないよ。アンナはもう帰らない。アンナは死んだ。いいか、トミー。おまえたちはここへやってきて、わしらの土地でおまえたちの戦争をした。なぜだ？　言ってみろ。なぜだ？」

「何かあったんですか？」

「何かあったかって？　何があったか教えてやるよ。二日前、アンナを卵を買いにやった。アンナが荷馬車で帰る途中《とちゅう》、砲弾《ほうだん》が飛んできたんだよ。でっかい、ドイツの砲弾だ。たった一発。だが、一発でたくさんだ。今日、埋《う》めたところさ。だからうちのアンナに会いたければな、トミー、墓場へ行くんだな。どいつもこいつも地獄《じごく》へ行くがいい。イギリスだろうが、ドイツだろうが、フランスだろうが、そんなこと知るか。てめえらの戦争を引きずって地獄へ落ちろ。喜んで迎《むか》えてくれるだろうよ。帰れ、トミー。ほっといてくれ」

扉がぼくの顔の前でバタンと閉まった。

教会の墓地には、新しい墓がいくつかあった。だが、その中にひとつ、まだ掘《ほ》ったばかりで花におおわれた墓を見つけた。ぼくがアンナについて知っているのは、笑顔で交わしたいくつかの言葉、瞳《ひとみ》の輝《かがや》き、ふれあった手と手、かすめるようなキス、たったそれだけ。それなのに、心の奥《おく》がきりきり痛かった。子どものころ、父さんが死んだとき以来の痛み。

ぼくは教会の尖塔《せんとう》を見上げた。黒い矢が、月とその彼方《かなた》を指している。あの広い無限の彼方のどこかにアンナが昇《のぼ》っていったと信じたい。心から願った。日曜学校時代の天国へ。ジョー兄ちゃんの幸せな天国へ。だが、そう思うことはできなかった。アンナが、この足元の冷たい土の中に横たわっているのを知っている。

ぼくはひざまずいて墓の土にくちづけをし、そこを去った。頭の上を月が移動する。ぼくのあとをついてくる。休養基地へもどるぼくの道を、木々の隙間《すきま》から照らしてくれる。基地へ帰り着いたときには、涙《なみだ》が枯《か》れ果てていた。

翌日の夜、我々はほかの何百という隊とともに前線の塹壕《ざんごう》に到達《とうたつ》した。前線を固めるために――そう告げられた。それが意味することは、ただひとつ。ドイツ軍の攻撃《こうげき》が予想されており、我々兵士はちょっとした危険にさらされると。着いてみると、ドイツ軍は何日かの猶予《ゆうよ》を与《あた》えてくれた。まだ攻撃はなかった。その時点ではまだ。

その代わり、チャーリーがやってきた。まるで、ほんの五分留守にしただけのように、我々の待避壕《たいひごう》にぶらりと入ってきた。「やあ、トモ。やあ、みんな」——そう言って、大きな口を開けて笑った。

チャーリーがもどって、みんなの気分が一転した。ハンリー軍曹《ぐんそう》は相変わらず我々の後ろについてまわり隙を狙《ねら》っていたが、こっちにはチャンピオンがいる。軍曹をやりこめた唯一《ゆいいつ》の男だ。個人的には、保護者がもどってきた。兄でもあり、友でもある。誰《だれ》もが感じたように、ぼくも急にほっとした。

塹壕でハンリー軍曹とチャーリーが顔を合わせたとき、ぼくもその場にいた。

「何という光栄でしょう、軍曹。こちらにいらしたんですってね」チャーリーが甲高《かんだか》い声を出した。

「こっちも聞いたぞ。仮病《けびょう》を使ったんだってな、ピースフル」ハンリーがうなるように応じた。「仮病はいかん。目を離《はな》さないからな、ピースフル。おまえはトラブルメーカーだ。常にそうだった。言っとくが、少しでも規律を……」

「ご心配なく、軍曹。おとなしく、いい子にしてますとも。命をかけて誓《ちか》います」と、チャーリーがいなした。

軍曹はあっけにとられ、次に爆発《ばくはつ》しかけた。だが、チャーリーは続ける。

「いい気候ですね、軍曹《ぐんそう》。ブライティーは、ご存じのとおり雨でしたよ。もう土砂降《どしゃぶ》りで」

ハンリーは、ぶつぶつつぶやきながらチャーリーを押《お》しのけて行ってしまった。勝利というには些細《ささい》なことだが、見ていた者はみな、心から喜んだ。

その晩、ようやくチャーリーと二人でお茶を飲み、ランプの炎《ほのお》の下で静かに語り合う時間が持てた。ぼくは、家のことが聞きたくて仕方がなかった。ところがチャーリーは、あまり話したがらない。ぼくはとまどい、がっかりした。しばらくするとチャーリーにもぼくの気持ちが通じたようで、その理由を説明してくれた。

「今のおれたちは二つの別々の世界に、別々に生きているようなものだ、トモ。おれは、そのままにしておきたいと思う。片一方の世界に別の世界をふれさせたくない。〝暴虐《ぼうぎゃく》〟ハンリーやヒュードカンを故郷の家に持ちこみたくないだろ。その反対も同じだよ。うちのことは、うちのこと。ここは、ここ。うまく説明できないけど、ちっちゃなトモとモリー、母さんとジョー兄ちゃんはこの地獄《じごく》の穴みたいな場所にはふさわしくない。家族のことを話すと、家のみんなをここに連れてきちまうような気がする。それがいやなんだ。わかるか、トモ？」

ぼくにも、わかった。

砲弾《ほうだん》が飛んでくるのが聞こえた。その音から判断して近いのがわかる。予想は的中。爆風《ばくふう》で一人残らず体が地面に投げ出され、ランプが消え、ぴりぴりするような真っ暗闇《くらやみ》に放りこまれた。それが、何千という砲弾のうちの最初の一発だった。我が軍からも、ただちに反撃《はんげき》が始まった。そのあと、すさまじい砲撃戦《ほうげきせん》が一日じゅう、ほぼ絶え間なく続いた。まるで頭上で世界が爆発《ばくはつ》しているようなありさまだった。容赦《ようしゃ》のない爆音《ばくおん》、その雷鳴《らいめい》のような轟《とどろ》きが、昼も夜もなくひっきりなしにひびきわたった。

砲撃がやむ瞬間《しゅんかん》は、さらに悪かった。もうこれで終わりかもしれないと、かすかな希望がわいてしまうから。果たして数分後には、その希望がもろくも崩《くず》れ去ることになった。はじめは、待避壕《たいひごう》の中で寄り集まって体を丸め、最悪の事態は起こらないと思うようにした。もし起こっても、この待避壕は充分《じゅうぶん》深いから切り抜《ぬ》けられるだろうと。だが、頭の奥《おく》では誰《だれ》もがわかっていた。直撃《ちょくげき》を受けたら一巻の終わりだと。誰もがわかり、それを受け入れていた。ただ、考えないふりをした。言わないようにした。ぼくらはお茶を飲み、タバコをくゆらし、ものを食べた——口に入るものがあるときには。そうやって、できるかぎり普通《ふつう》の生活を続けようとした。

信じられないことに、二日目には砲撃がさらに強まった。ドイツ軍の持つ重火器のすべてをこの地区に集結させたのかもしれない。やがて、何とか押《お》し殺していた恐怖《きょうふ》が、最後の一線を越《こ》え、堰《せき》を切ってあふれだす瞬間がきた。これ以上恐怖を隠《かく》すことができなくなる瞬間が。気づいたときには、ボールのように体を丸めて床《ゆか》に転がり、やめてくれと泣き叫《さけ》んでいた。

チャーリーが寄りそい、ぼくを守るように抱《だ》きかかえて、なだめてくれるのがわかる。「オレンジとレモン」を、そっとぼくの耳に歌いかける。そのうちぼくも歌っていた。大きな声を出して。泣き叫《さけ》ぶかわりに歌った。いつの間にか、待避壕《たいひごう》の兵士がみな、一緒《いっしょ》に歌っていた。

集中攻撃《こうげき》は続く、続く、続く。しまいにはチャーリーでさえも、オレンジとレモンでさえも、ぼくをおそい引きずりこむ恐怖《きょうふ》の前に消えてしまった。ほんの少しの勇気も、自制心も粉々に打ち砕《くだ》かれ、跡形《あとかた》もない。ぼくの中にあるのは、ただ恐怖心だけだった。

明け方の真珠《しんじゅ》のような光をついて、ドイツ軍の進撃《しんげき》が始まった。ドイツ兵は我が軍の鉄条《てつじょう》網《もう》に阻《はば》まれて、一瞬《いっしゅん》たじろぐかに見えた。こちらの機関銃《きかんじゅう》手《しゅ》が狙《ねら》いをつけ、何千という灰色のスキットルズのピンのように、二度と起き上がらないようになぎ倒す。ぼくの手は激しく震《ふる》えて、なかなかライフル銃に弾《たま》をこめられなかった。

ドイツ軍が退却《たいきゃく》を始め、陣地《じんち》に向かって走りだす。ぼくらは笛の合図を待つ。笛が鳴ったら塹壕《ざんごう》の上にあがり出撃《しゅつげき》する。ぼくも行く。みんなが行くから。夢うつつの状態で前進する。まわりの世界も夢のようだ。

突然《とつぜん》、自分が膝《ひざ》をついていることに気づく。なぜだかわからない。顔から血が流れている。頭が焼けるように痛い。頭が破裂《はれつ》しそうだ。夢からすべり落ち、渦巻《うずま》く暗黒の世界へ落ちていく。行ったことのない世界へと引きこまれていく。そこは暖かで、心地よく、すっぽりくるまれるような気がするところ。自分が死んでいくのがわかる。それでもいい。

午前四時五十五分

あと三十五分で外へ出る。何をして過ごせばいいのだろう？ 眠《ねむ》るか？ 眠れるわけがない。心づくしの朝食を食べるか？ 欲しくない。泣いてわめくか？ 何の意味がある。祈《いの》るか？ なぜ？ 何のために？ 誰《だれ》に？

いや、彼《かれ》らはするべきことをするだけだ。ここではヘイグ元帥《げんすい》が神であり、そのヘイグが署名したのだから。ヘイグが判決を承認した。ヘイグ元帥が宣言した。ピースフル二等兵は死刑《しけい》に値すると。敵前における臆病行為《おくびょうこうい》により、一九一六年六月二十五日午前六時、彼を銃殺刑《じゅうさつけい》に処すと。

銃殺隊は、今ごろ朝食を食べているだろう。お茶をすすりながら、自分たちの任務を呪《のろ》っている。どこで銃殺が執行されるのか、誰《だれ》もぼくに詳《くわ》しい場所を教えてくれない。灰色の壁《かべ》に囲まれて暗い、刑務所の中庭はいやだ。空と雲と木々が見えて、鳥が見える場所にしてほしい。鳥が見えるといい。そして、すぐに済《す》むといい。どうか、すぐに済ませてくれ。

機関銃《きかんじゅう》のくぐもった音、遠くで飛ぶ砲弾《ほうだん》の音で目が覚めた。地面が震《ふる》え、ゆれている。不思議な安堵感《あんどかん》に満たされた。こんなことを感じるのは、死んでないってことだ。さっきは、あたりの闇《やみ》にぞっとしたけれど。そうだ、負傷したんだ。まだ頭がずきずきと痛む。今はたぶん夜で、自分は負傷して無人地帯のどこかに横たわり、黒い空を見上げているんだろう。

ところが、頭をほんの少し動かそうとしたとたんに、黒い空が崩《くず》れてぼくの上に落ちてきた。そして口の中にも、目にも、耳の穴にも注ぎこむ。見上げていたのは空じゃなかった。地面なんだ。胸にのしかかるその重みも、今は感じる。両足が動かない。両腕《うで》も動かない。動かせるのは指だけだ。自分が地面に埋《う》まっていることが、ゆっくり理解できてきた。生きながら埋められている。

パニックにおそわれるのは早かった。死んだと思われたんだ！　それで埋められたんだ。

死んでない。ぼくは死んでないよ！　声を出して叫《さけ》んだ。そのとたん口の中に土が入ってきて、喉《のど》が詰《つ》まる。指を突《つ》っこみ、気も狂《くる》わんばかりに土をほじくり出す。ここで窒息《ちっそく》したって誰も助けてくれない。ぼくは考えをまとめようとした。気をしずめて、体を動かすな。鼻で息をしてみよう。だが、空気がない。ぼくはモリーを思った。そして、死ぬ瞬間《しゅんかん》までそのままモリーを抱《だ》きしめている空想を自分に許した。

足に誰《だれ》かの手がふれるのを感じる。片足がつかまれた。そしてもう片方も。遠くのほうから声が聞こえる気がする。チャーリーの声だ。チャーリーが、つかまれと言っている。ぼくを掘《ほ》り出して引っ張ってくれる。ありがたい日の光の中にぼくを引きずり出してくれた。ありがたい空気の中に。ぼくはまるで水を飲むように空気を飲みこみ、むせて咳《せ》きこんだ。それから、ようやくちゃんと息ができるようになった。

次に気がついたときには、壊《こわ》れたコンクリート製の待避壕《たいひごう》のようなところの奥《おく》に座っていた。疲《つか》れ果てた兵士でいっぱい。知った顔ばかりだった。ピートが階段を下りてきた。ピートも、ぼくと同じようにあえいでいる。チャーリーが、汚《よご》れを落とそうとして、ぼくの顔に自分の水筒《すいとう》から最後の何滴《てき》かの水をたらした。

「おまえに死なれたと思ったよ、トモ」チャーリーが話しかける。「おまえが埋まった砲弾《ほうだん》で、何人も殺された。おまえは運が良かったんだ。頭がひどいことになってるけどな。静かに寝《ね》てろよ、トモ。だいぶ出血したから」

体が、がたがた震えている。寒くて寒くて、子猫《こねこ》のように心細い。

ピートがぼくらのわきにしゃがんでいる。額《ひたい》をライフル銃《じゅう》に押《お》しつけて。

「外は地獄《じごく》のふたがあいたようだよ。おれたちはハエみたいに撃《う》ち落とされるぞ、チャーリー。こっちの動きは封《ふう》じられたな。三方が機関銃で囲まれてる。頭を出したとたんにおだぶつだ」

「ここはどこ？」ぼくが聞いた。

「くそいまいましい無人地帯のど真ん中さ。ドイツ軍の待避壕跡《あと》だ。前進も後退もできやしない」と、ピートが答えた。

「なら、しばらくこのまま留まるのが一番じゃないかな」と、チャーリー。

見上げると、ハンリー軍曹《ぐんそう》がおおいかぶさるように立っていた。ライフル銃を持ち、ぼくらを怒鳴《どな》りつける。「このまま留まる？　留まるだと？　いいか、よく聞け、ピースフル。ここではこのおれが命令を出す。おれが進めと言ったら、進むんだ。わかったか？」

チャーリーは反抗心《はんこうしん》を隠《かく》そうともせず、軍曹の目を正面から見返した。決して目をそらさない。小学校のころマニングズ先生に叱《しか》られたときと同じ。

「おれが命令を出し次第」軍曹は、今度は待避壕の中にいる兵士全員に向かって告げた。「攻《こう》撃《げき》に出る。いいか、一人残らずだ。落伍《らくご》も仮病《けびょう》も許さん。おまえのことだ、ピースフル。我々の使命は、突撃《とつげき》を完遂《かんすい》し敵地を手中にすること。たった五十メートルかそこらでドイツ軍の塹《ざん》壕《ごう》だ。容易に到達《とうたつ》できる」

ぼくは、軍曹が行ってしまうまで待った。聞こえないところへ行ってしまうまで。

「チャーリー」ぼくは小声で言った。「ぼくは行けないよ。立てないと思う」

「大丈夫《だいじょうぶ》だよ、トモ」言いかけてチャーリーは、急に笑顔になり、「おまえ、ほんとにひどい顔だぞ、トモ。血だらけ泥《どろ》だらけの中から、ちっちゃな白い目玉がふたつ、こっちを見てる。心配するな、一緒《いっしょ》にここにいよう。何があっても。おれたち、いつもそうだったろ？」

軍曹《ぐんそう》は、外の砲撃《ほうげき》が静まるまで、塹壕《ざんごう》の出口で一、二分待った。

「よし、今だ。出るぞ。弾倉《だんそう》に弾《たま》が詰《つ》まってるか確認しろ。さもないと自滅《じめつ》だ。全員準備はいいか？　立て、進め！」

誰《だれ》一人として動かなかった。みんな、とまどったように顔を見合わせている。

「いったい全体、何だってんだ？　立て。立てったら、立て！」

チャーリーが口をきった。落ち着いた声だ。「たぶんみんな、おれと同じことを考えてると思います、軍曹。今出撃《しゅつげき》しても、ドイツ軍の機関銃《きかんじゅう》の餌食《えじき》になるだけです。おれたちがここに入ったのは見られてるから、出ていくのを待ちかまえているでしょう。やつらはバカではありません。ここに留まって、暗くなってから退却《たいきゃく》しましょう。出撃して無駄死《むだじ》にする意味がありません。そうでしょう、軍曹？」

「おまえ、おれの命令にそむくんだな、ピースフル」軍曹は、狂《くる》ったようにわめき始めた。

「いいえ、自分の考えを申し上げただけです」と、チャーリー。「みんなの考えです」

「いいかピースフル、出撃の際に隊とともに行動しなければ、今度はただの軍事刑罰《けいばつ》じゃ済《す》まないぞ。軍事裁判にかける。銃殺刑《じゅうさつけい》だ。聞いてるか、ピースフル？　聞いてるのか？」

「はい、軍曹。聞いてます。しかし軍曹、問題は、自分は行きたくても行けないということです。なぜなら、トモを置いていくことになるからです。それはできません。ご覧のとおり軍曹、こいつは負傷してます。歩くこともできないのに、走るなんて無理です。自分は弟を残して行けません。弟と、ここに留まります。自分たちのことはご心配なく、軍曹。暗くなったら、退却します。大丈夫です」

「ピースフル、情けない蛆虫《うじむし》め」軍曹はチャーリーに銃を向けた。チャーリーの鼻先数センチに据《す》えられた銃剣《じゅうけん》が、怒《いか》りに震《ふる》えている。「おれが今この場でおまえを撃《う》ってやろうか。銃殺隊の手間をはぶいてな」

一瞬《いっしゅん》、本気で撃つかと思った。だが次の瞬間《しゅんかん》、軍曹は自分を取りもどして振《ふ》り返った。

「おまえら、立つんだ。命令だ。全員出撃する。はっきり言うぞ、留まるやつは一人残らず軍事裁判だ」

一人、また一人と、兵士たちはしぶしぶ立ち上がり始めた。それぞれが、それぞれのやりかたで覚悟《かくご》の気持ちを固めた。ゆっくりタバコを吹《ふ》かす者。黙《だま》って祈《いの》る者。目をつぶる者。

「行け！　行け！　行け！」

軍曹《ぐんそう》が怒鳴《どな》り、兵士は出撃《しゅつげき》した。壕《ごう》の階段を駆《か》け上がり、戦場へ出ていった。再びドイツ軍の機関銃《きかんじゅう》の音がわきあがった。ピートが最後になった。階段で立ち止まり、ぼくらを見下ろして、「チャーリー、行ったほうがいいよ。あいつ、本気だぜ。あいつ、言ったとおりにするよ、絶対」と言う。

「ああ、わかってる」と、チャーリー。ぼくにもわかってた。「気をつけてな、ピート。頭を低く下げてろよ」

ピートも行ってしまったあと、待避壕《たいひごう》にはぼくら二人だけが残った。外がどうなっているか、想像する必要もなかった。耳に飛びこんでくる。途絶《とだ》える叫《さけ》び声。カタカタカタ……死の機関銃の音。一人ずつ狙《ねら》い撃つ、短く弾《はず》むライフル銃の音。そして静寂《せいじゃく》。ぼくらは待った。ぼくはチャーリーを見た。その目に涙《なみだ》があふれていた。

「かわいそうに。やつら、かわいそうに」そうつぶやいてから、「おれ今度こそ、とんでもないことやっちまったな、トモ」

「軍曹はもどってこないかもしれないよ」ぼくが言うと、

「そう願いたい。そう願おう」と、チャーリーが答えた。

そのあとぼくは、意識と無意識の境を行ったり来たりしていたようだ。目覚めるたびに、一人か二人ずつの兵士が待避壕にもどってきていた。ハンリー軍曹は、まだいない。ぼくは、まだ願っていた。次に目覚めると、チャーリーの腕《うで》に抱《だ》かれて眠《ねむ》っていた。肩《かた》に頭をあずけて。

「トモ、トモ、起きてるか？」

「うん」

「よく聞け、トモ。考えてたんだ。もしものことが起こったら……」

「そんなこと起こらないよ」ぼくは、さえぎった。

「聞けよ、トモ。いいか？　約束してもらいたい。おれの代わりにみんなの面倒《めんどう》をみると。何のこと言ってるか、わかるだろ？　約束してくれるな？」

「うん」

そして長い間《ま》があったあとに続けた。「まだ、彼女《かのじょ》を愛しているだろう？　まだモルを愛しているだろう？」

沈黙《ちんもく》がぼくの返事だった。チャーリーは知っていたんだ。

「それでよし。それから、もうひとつ面倒をみてもらいたいものがある」チャーリーは、ぼくの後ろで腕を上げ、腕時計をはずした。そして、ぼくの手首に巻いた。「ほら、これだよ、トモ。素晴らしい時計だ。絶対に止まらない。一度も止まらない。失《な》くすなよ」

ぼくは、何と言っていいかわからなかった。

「さあ、また眠《ねむ》っていいよ」

眠りの中に、子どものころの悪夢が現れた。父さんの指がぼくを差している。夢の最中だというのに、ぼくは自分に約束していた。目が覚めたら、今度こそチャーリーに話そう。あのとき、森の中でぼくが何をしたかを。

ぼくは目を開けた。ハンリー軍曹《ぐんそう》が反対側の壁際《かべぎわ》に座っていた。ヘルメットの下から、暗い目つきでぼくらを見ている。ほかの兵士たちがもどってくるのを待つあいだ、そして夜の帳《とばり》が落ちるのを待つあいだ、軍曹はそこに座ったまま、チャーリーにも、ほかの誰《だれ》にも一言も口をきかずに、ただぎらつく目でチャーリーをにらんでいた。その目にあるのは、冷たい憎《にく》しみだけだった。

夜になってもピートの姿はなかった。軍曹とともに無駄《むだ》な出撃《しゅつげき》をさせられたうち、十人以上がもどらなかった。軍曹が、今だと言った。それで、中隊の残りの兵は、夜の闇《やみ》にまぎれ、二人か三人ずつに分かれて、無人地帯を越《こ》えて陣地《じんち》へと這《は》いもどった。そのあいだじゅうチャーリーは、ぼくを半ば引きずり、半ば背負って進んだ。

味方の塹壕《ざんごう》の奥《おく》で、担架《たんか》の上からぼくは、チャーリーが拘引《こういん》され、連行されるのを見上げていた。あんまりすぐだったから、別れを言うひまもなかった。行ってしまったあとで、夢のことを思い出し、守れなかった約束を思い出した。

それから六週間というもの、チャーリーに会わせてもらえなかった。そのあいだに軍事裁判は終わっていた。死刑《しけい》の判決が宣告され、承認された。ぼくが知っているのは、それだけ。ほかの誰もが知っていることだけだった。昨日ようやく面会が許可されるまで、その裏でどんなことがあったのか、何も知らなかった。

チャーリーは、ウォーカー・キャンプに拘置《こうち》されていた。外にいた看守は、申し訳ないが面会は二十分しか認められないと言った。命令により、と。

そこは馬小屋だった。まだ馬小屋のにおいがした。テーブルがひとつと、椅子《いす》が二つ。すみっこにバケツ。壁際にベッド。チャーリーは頭の下で手を組み、あおむけに寝転《ねころ》がっていた。足を組んで。ぼくを見るなり起き上がって、大きく微笑《ほほえ》んだ。「会いたかったよ、トモ。許可がもらえないと思ってた。頭はどうだい？　ちゃんと治ったか？」

「新品同様さ」

ぼくは、チャーリーの明るさに合わせようとした。でも、そこに立ったまま抱《だ》き合ったら、もう我慢《がまん》できなかった。

「涙《なみだ》はいらないよ、トモ」チャーリーが耳元でささやく。「これから、もっと大変なんだから」少し体を離《はな》して、「わかったね？」

ぼくはうなずくことしかできなかった。

チャーリーは、家からの手紙を持っていた。モリーから。それをぼくに読んで聞かせると言った。読むと笑えるから。笑いが必要なんだと。

手紙は、ほとんど小さなトモのことだった。トモはもう、ブーイングを覚えたそうだ。ぼくらが子どもころやったように、大きな音で、下品に。夜にはジョー兄ちゃんが子守唄《こもりうた》を歌ってくれる。もちろん「オレンジとレモン」。最後に愛を送り、ぼくら二人が元気でいるように。モリーは、そう書いていた。

「知らないの？」と、ぼく。

「ああ」と、チャーリー。「知らない。終わるまではね。軍から電報が行く。今日まで家に手紙を出させてくれないんだ」

テーブルに向かって腰《こし》かけると、チャーリーが声をひそめ、ぼくらは小声で話した。

「本当のことを家のみんなに話してくれよな、トモ。それだけが気がかりなんだ。ぼくが臆《おく》病《びょう》だったと思われたくないから。それはいやだ。真実を知ってほしい」

「裁判で言わなかったの？」ぼくは聞いた。

「もちろん言ったさ。できるかぎりのことはしたよ。でも、やつら、聞こうともしなかった。向こう側には証人が一人。ハンリー軍曹《ぐんそう》さ。あいつの証言だけだ。あんなの裁判じゃないよ、トモ。席に着く前に、もうおれの有罪は決まってたんだ。三人いたよ、准将《じゅんしょう》が一人と大尉《たいい》が二人。おれのことを、うす汚《ぎたな》いものでも見るように見下ろしてた。おれは全部話したよ、トモ。事実をそのまま。恥《は》ずかしいことなんか何もしてないだろ？　隠《かく》すことなんかない。だから、そう言った。はい、軍曹の命令に逆らいました。なぜならその命令は愚《おろ》かで、自滅行為《じめつこうい》だったからです。隊の全員がそう思ってました。いずれにしても、おれはおまえのために残らなきゃならなかった。やつらも、あの出撃《しゅつげき》で十人以上が戦死してるのを承知してるんだ。一人もドイツ側の鉄条網《てつじょうもう》までもたどりつけなかったことも。おれの意見が正しかったのもわかってるんだ。それなのに結果は関係ない」

「証人はどうなの？　証人がいるじゃない。ぼくが証言したのに。ぼくが言ってやれたのに」

「おまえを呼んでくれと言ったよ。だが、兄弟は許されないって。ピートのことも頼《たの》んだ。でも、ピートは行方不明だそうだ。そのほかの兵士は、別の地域へ移動したと言われた。それに前線だから呼ぶことはできないんだと。だから、ハンリー軍曹の証言がすべてだ。やつの言葉を何もかも鵜呑《うの》みだった。正真正銘《しょうしんしょうめい》ほんとの話のように。たぶん、大きな攻撃《こうげき》が近いから、誰《だれ》か見せしめが必要なんだろうな、トモ。それで、おれがチャーリー（「ばか者」の意味で使われる）だってわけ」そう言って笑った。「どんぴしゃのチャーリーだ。おまけに、問題兵士としての記録があった。反抗的《はんこうてき》なトラブルメーカー――ハンリーはおれのことをそう言ったよ。エタープルを覚えてるかい？　不服従の刑《けい》でやられたろ？　軍事刑罰《けいばつ》第一号。それがおれの記録だ。あとは足のこと」

「足って？」

「足を撃《う》たれただろ。足の負傷はたいてい怪《あや》しまれるそうだ。故意に自分で傷つけた疑いがあると。よくあることだそうだよ。塹壕《ざんごう》から出て、ブライティーに帰りたいために、自分で撃ったんじゃないかって」

「それは違《ちが》うよ」

「もちろん違うさ。やつらは、信じたいことだけを信じるんだ」

「弁護をしてくれる人はいなかったの？　司令官か誰《だれ》かで」

「必要ないと思った。真実を話せばいいんだ、チャーリー、それで大丈夫《だいじょうぶ》——そう思ってた。おれが悪いわけがない。もしかして、気のいいウィルキーが手紙を書いてくれれば助けになるかもしれないと考えた。彼《かれ》の言うことなら聞くだろう。指揮官だし、やつらの仲間だから。ウィルキーがいると思う場所を言った。一番新しい情報ではスコットランドのどこかの病院にいると聞いたから。ところが、病院に手紙で問い合わせたら、怪我《けが》が悪化して六ヵ月前に亡《な》くなったそうだ。軍事裁判は一時間もかからなかったよ、トモ。おれにくれた時間は、それだけ。人の運命を決めるのに、たった一時間。長くはないよな？　准将《じゅんしょう》が何て言ったかわかるか、トモ？　おれは価値のない人間だって。価値がないって。今までいろんなことを言われたけど、トモ、あんなにがっくりしたことはないよ。でも、顔には出さなかったよ。あいつらを喜ばせたくないから。そのあとが判決。もう予想がついてたよ。思ったよりずっと平気だった」

ぼくは、うつむいていた。涙《なみだ》を止められなかったから。

「トモ」チャーリーが、ぼくのあごを持ち上げた。「いいほうに考えろよ。もう、毎日塹壕で戦わなくていいんだぞ。すぐに済《す》むよ。それにここじゃあ、兵士たちがよくおれの面倒《めんどう》をみてくれてる。あいつらも、このことじゃ、おれと同じぐらい頭にきてるのさ。一日三回、温かい食事。文句なしだよ。もう終わったことさ。とにかく、もうすぐ終わる。お茶を飲むかい、トモ？ ついさっきいれてきてくれたのがある」

それで、ぼくらはテーブルをはさんで座り、一杯《ぱい》の芳《かんば》しい、濃《こ》いお茶を分け合って飲んだ。そして、チャーリーが話したい話題なら何でも話した。家のこと、干しブドウ入りのパンプディング。カリカリのクランチがのったやつ。大佐《たいさ》の川で川マスを釣《つ》った月夜。バーサ。〈ザ・デューク〉で飲んだビール。黄色い飛行機とハッカ飴《あめ》。

「ジョー兄ちゃんや母さん、モリーの話はしないぞ」と、チャーリー。「話せば泣いてしまうから。泣かないと自分に約束したんだ」そして急に身を乗り出して、熱っぽく言った。「約束で思い出した。あの待避壕《たいひごう》でおまえ、約束したよな、トモ。忘れないでくれるか？ みんなの面倒をみてくれるよな？」

「約束する」ぼくは言った。ぼくの生涯《しょうがい》で、あれほど強い思いをこめて言った言葉はほかにない。

「まだ時計も持ってるよな」チャーリーはぼくの袖《そで》をまくった。「おれの代わりに、いつも動かしといてくれ。そうして、時がきたら小さなトモに渡《わた》してくれ。そうすれば、あいつもおれから何かは受け継《つ》げる。そう思うとうれしいよ。あいつのいい親父《おやじ》になってくれよな。おれたちの父さんのような」

今だ。今言わないと。最後のチャンスだ。

ぼくは、父さんがどうして死んだのかを話した。どうして、あんなことになったのか。ぼくがしてしまったこと。何年も前に言わなくてはいけなかった、それなのに言えなかったと。

チャーリーは微笑《ほほえ》んで、「知ってたよ、トモ。母さんもね。おまえ、よく寝《ね》ながらうわ言を言ってたから。いつも悪い夢見てうなされてた。おかげでおれは、よく起こされたものだよ、おまえにね。ばかばかしい。おまえのせいじゃないよ。父さんを殺したのは倒木《とうぼく》だ、トモ、おまえではない」

「ほんとにそう思う？」

「ほんとにそう思うよ。まったくそのとおりだ」

ぼくらは目と目を見つめ合った。もうほとんど時間がない。

チャーリーの目の中にパニックの影《かげ》がゆらいだ。ポケットから何通かの手紙を出して、テーブルの向こうからよこした。

「トモ、これを渡《わた》してくれるか？」

ぼくらはテーブル越《ご》しに手を握《にぎ》った。額《ひたい》に額を寄せ、目を閉じた。ふくらむ思いを何とかして言葉に出した。

「チャーリーは価値がない人間じゃないよ。あいつらこそ、価値がない。チャーリーは、ぼくの親友。ぼくが出会った中で最高の人間だ」

チャーリーがそっと口ずさみ始めた。「オレンジとレモン」の歌。少し調子はずれだ。ぼくも口ずさんだ。握った手に力が入る。声が少し大きくなる。もう、口ずさむのではなく歌っていた。世界じゅうに聞こえるように大きな声で。歌いながら笑った。涙《なみだ》が止まらない。でも、いいんだ。悲しい涙じゃない。ほめたたえる涙だから。

歌い終わるとチャーリーが言った。「その日の朝、この歌を歌うよ。いまいましい国歌でもなく、賛美歌でもなく。『オレンジとレモン』をジョー兄ちゃんのために、ぼくらのために歌う」

看守が来て時間だと告げた。ぼくらは他人同士のように握手《あくしゅ》をした。もう、何も言うことはなかった。最後に目を合わせる。このままずっと見つめ合っていたいと思った。

ぼくは後ろを向き、チャーリーと別れた。

昨日の午後、休養基地にもどったときには、同情や悲痛そうな顔、目をそらされるようなことが待っていると覚悟《かくご》していた。もう慣れっこになっていたが。

ところが予想に反して、笑顔とビッグ・ニュースに迎《むか》えられた。ハンリー軍曹《ぐんそう》が死んだと。不慮《ふりょ》の事故で亡《な》くなったそうだ。軍曹は射撃場《しゃげきじょう》で、手榴弾《しゅりゅうだん》に吹《ふ》き飛ばされた。どうやら正義は保たれたようだ。しかし、チャーリーには間に合わなかった。ウォーカー・キャンプの誰《だれ》かがこの話を聞いて、チャーリーに伝えてくれればいいと願った。慰《なぐさ》めにはならないが、それでも少しは違《ちが》うだろう。

ぼくらが感じた、かすかな喜びのような感情、それはじきに残忍《ざんにん》な満足感に変わったが、やがて消えた。まるで連隊全体が静まり返ったようになった。もはや、チャーリーのこと以外考えられなかった。チャーリーが受けた不当な扱《あつか》い。明日の朝に執行《しっこう》される避《さ》けがたい刑《けい》。

先週あたりから、我々は、この地域の空き農場に駐屯地《ちゅうとんち》を割り当てられた。チャーリーが拘置《こうち》されているウォーカー・キャンプまで、一キロ半もない。遠くソンム戦線の塹壕《ざんごう》に移動するまでの期間、ここで待機しているのだ。兵士は釣鐘型《つりがねがた》テントで寝起《ねお》きし、指揮官は農家を宿舎にする。

仲間の兵士たちはぼくを気づかって、できるだけのことをしてくれた。彼《かれ》らの表情から、どれだけぼくの気持ちを思いやってくれているかがわかる。下士官や指揮官までもだ。だが、親切はうれしいが、ぼくは同情も助けも欲しくない。そばにいて心を乱されたくもない。ただ独りでいたい。

夜がふけてから、ぼくはランプを持ってテントを抜《ぬ》け出し、この納屋《なや》に来た。納屋の残骸《ざんがい》だ。仲間が毛布と食べ物を持ってきてくれ、ぼくを独り置いてもどった。彼らはわかってくれた。何かできるかと言って牧師が来た。何もできないよ。断った。それからぼくはここにいて、夜は早くも過ぎ去ろうとし、時計の針が六時に近づいている。

そのときがきたら、外に出よう。空を見上げよう。外に連れ出されたら、チャーリーも同じようにするはずだから。ぼくらは同じ雲を見上げる。顔に同じそよ風を感じる。少なくとも、ぼくらはそうやって一緒《いっしょ》になれる。

午前六時一分前

今この瞬間《しゅんかん》にチャーリーの身に起っていることを、心から閉め出す。家にいたときのチャーリーを思い浮《う》かべよう。昔のとおり。それなのに、心に浮かぶのは、兵士たちがチャーリーを広場に連れ出す光景だ。

チャーリーはよろめいたりしない。チャーリーはじたばたしない。チャーリーは泣き叫《さけ》びもしない。頭を高く上げて歩く。学校でマニングズ先生に笞《むち》で打たれたときと同じように。きっとヒバリが舞《ま》い上がっているだろう。それとも、大カラスが風に乗って上空で円を描《えが》いているかもしれない。

銃殺隊《じゅうさつたい》は休めの姿勢で待機している。六名。ライフル銃には銃弾《じゅうだん》がこめられ、準備が整っている。全員が、早く終わることを望んでいる。仲間を撃《う》つのだから、殺人のような気がしてならない。チャーリーの顔を見ないようにしている。

チャーリーは、柱に縛《しば》りつけられている。牧師がお祈《いの》りをとなえる。額《ひたい》で十字をきり、その場を去る。肌寒《はだざむ》いけれど、チャーリーは震《ふる》えていない。リヴォルバーを抜《ぬ》いた指揮官が、自分の時計を見る。兵士が頭からすっぽり目隠《めかく》しをかぶせようとするが、チャーリーは断る。チャーリーは空を見上げ、最後の想《おも》いを故郷に馳《は》せる。

「撃ち方用意！　かまえ！」

目を閉じて待ち、そっと歌う。

「オレンジとレモン　聖クレメンツの鐘《かね》が鳴る」

ぼくも声を出さずに歌う。

一斉射撃《いっせいしゃげき》の銃声《じゅうせい》がひびく。

今だ。終わった。あの射撃で、ぼくの中の一部がチャーリーと共に死んだ。

回れ右して納屋《なや》に、独りの世界にもどる。孤独《こどく》よりもっと深い悲しみの底に。

休養基地一帯、どのテントからも兵士が出てきて、耳をすまして立ちつくしていた。そして、鳥たちが歌っていた。

午後、ウォーカー・キャンプへ所持品を受け取りに行ったときも、チャーリーが埋《う》められた場所を見に行ったときも、ぼくは独りではなかった。あの場所なら気に入るだろう。牧草地を見渡《みわた》せるし、木々の下をゆるやかに小川が流れている。

ウォーカー・キャンプの兵士が聞かせてくれた。チャーリーはまるで早朝の散歩にでも出かけるように、微笑《ほほえ》んで歩いて出たと。そして、目隠しを断り、死の瞬間《しゅんかん》にはあたかも歌を歌っているようだったと。

あのとき待避壕《たいひごう》にいた兵士のうちの六人が、陽《ひ》がしずむまでチャーリーの墓の前でたたずみ、付きそっていてくれた。そして、そこを去るときには、それぞれが同じ言葉をかけた。

「じゃあな、チャーリー」

次の日、連隊はソンムに向かう行軍に出発した。六月の終わり。我が軍は近く大進撃《だいしんげき》を予定していて、ぼくらの隊はその攻撃《こうげき》の一翼《いちよく》を担うのだそうだ。ドイツ軍をベルリンへ押《お》しもどすのだと。そんな言葉は以前にも聞いた。

ぼくにわかるのは、自分が生還《せいかん》しなければならないことだけ。チャーリーとの約束を守るために。

一九一四〜一九一八年の第一次世界大戦では、
二百九十名以上のイギリス軍とイギリス連邦《れんぽう》軍の兵士が銃殺刑《じゅうさつけい》に処せられました。
脱走《だっそう》により、または臆病行為《おくびょうこうい》により、
二名の兵士などは持ち場で居眠《いねむ》りしたことが理由でした。
これらのうち多くの兵士が、
砲撃《ほうげき》によるショックで精神的外傷を受けていたことがわかってきました。
軍事裁判はきわめて短時間であり、
多くの場合、被告《ひこく》は申し開きの機会さえありませんでした。
今日にいたるまで、彼《かれ》らが不当な扱《あつか》いを受けたとは公式に認められてはいません。
英国政府は、公式な謝罪を拒《こば》み続けているのです。——著者

訳者あとがき

一九一四年六月、セルビアを訪問中のオーストリア・ハンガリー帝国《ていこく》皇太子夫妻が暗殺された事件をきっかけとして勃発《ぼっぱつ》した第一次世界大戦。ドイツをはじめとする同盟国と、フランス、イギリスなどの協商国の国々が敵対し、世界規模で戦闘《せんとう》が繰《く》り広げられました。ここでは、この作品を読む際に参考になりそうなことにだけ、簡単に触《ふ》れることにします。

第一次世界大戦のうち、主にフランス北部、ベルギーのフランダース（フランドル）地方北部が戦場となったのがいわゆる〝西部戦線〟。フランス侵入《しんにゅう》を目的にしたドイツが、一九一四年八月、ベルギーに侵攻《しんこう》しました。イギリスはベルギーの独立を保証していたため、ただちにドイツに宣戦布告し、フランス、ベルギーへ陸軍を送りました。世界地図を見ればおわかりのように、イギリスとフランス、ベルギーとは、イギリス海峡《かいきょう》をはさんで向かい合う隣国《りんごく》です。

最初のうちは誰《だれ》もが「すぐに終わる」「クリスマスまでには帰れる」と思っていたものの、作品中にもある〝マルヌ会戦〟以降、西部戦線はどちらの側も長大な塹壕《ざんごう》を構築する持久戦となり、膠着《こうちゃく》状態が続きました。その間《かん》、前線は一進一退を繰り返し、戦闘のたびに莫大《ばくだい》な量の砲弾《ほうだん》、銃弾《じゅうだん》が投入され、双方《そうほう》の戦死者数は西部戦線だけでも数百万人にものぼりました。

そのなかでも激戦地として知られるのが、英国の兵士たちがワイパーズと呼んだ町イーペルです。イーペルは、フランスとの国境に近いベルギーのフランダース平原北部に、繊維《せんい》産業の町として中世から発展しました。その市街が双方の軍の争奪戦《そうだつせん》の対象となり、砲弾が降り注いだ結果、数百年続いた重厚な石造りの町並みは、たった四年間で瓦礫《がれき》と化してしまいました。物語の中でも、町の繁栄《はんえい》の象徴《しょうちょう》でもある公会堂が、チャーリーやトモの隊が通りかかったときにはすでに残骸《ざんがい》となっている場面が描《えが》かれています。さらに町の周辺は、各軍の塹壕が何重にも連なる戦場地帯となり、幾多《いくた》の兵士が塹壕戦を戦い、または毒ガスにやられて死んでいきました。

初めて武器として毒ガスが使用されたのも、ここ。マスタードガスの別名をイペリットガスともいうのは、この町の名が語源だという逸話《いつわ》も残っています。

現在もイーペル周辺には、ベルギー、イギリス、カナダ、オーストラリア、フランス、アメリカ合衆国、ドイツなど、各国の兵士が眠《ねむ》る広大な墓地が数十箇所《かしょ》も存在します。広々した墓地の、一面の緑を埋《う》めつくすように整然と並ぶ白い墓の列……。大地には砲撃跡《ほうげきあと》も残っています。穴に水がたまり、大きな池になって。

イーペルは復興し、市街は復元されました。イーペルの人々は町の中心に「フランダース戦場博物館（In Flanders Fields Museum）」を作り、国籍《こくせき》を越《こ》えてここで戦った兵士たちそれぞれの記録、その家族たちの記録を後世に残すことにしました。

博物館の名称は、この地で戦死したカナダの軍医ジョン・マックレーが塹壕《ざんごう》で書いた有名な詩「フランドルの野にけしの花がそよぐ（In Flanders Fields the poppies blow）」から名づけられました。この詩にちなみ、イギリスでは十一月十一日の戦没者《せんぼっしゃ》記念日に赤いけしの花のリースを供えたり、けしの花の飾《かざ》りを胸につけたりします。余談ですが、「赤毛のアン」シリーズ『アンの娘《むすめ》リラ』には、カナダから出征《しゅっせい》した兵士の留守家族のようすが描《えが》かれているとともに、アンの息子ウォルターの作として、この詩を思わせる詩が出てきます。

さて、一九九〇年代後半のある日、二人のイギリス人が連れ立ってこの博物館を訪ねました。それは、この物語の作者マイケル・モーパーゴと、友人でイラストレーターのマイケル・フォアマンでした。ある会議に出席するためイーペルに来た二人は「フランダース戦場博物館」の展示に大きな感銘《かんめい》を受けました。モーパーゴが特に衝撃《しょうげき》を受けたのは、一枚の写真。それは、臆病行為《おくびょうこうい》（脱走《だっそう》）の罪で銃殺刑《じゅうさつけい》になった若いイギリス兵の写真でした。これ以上砲弾《ほうだん》の音に耐《た》えられないと、銃を置いて歩み去ったところを憲兵に捕《つか》まったのだそうです。

求めに応じて学芸員のピート・チレンス氏が、軍事裁判の記録など、関連する資料を出して見せました。裁判記録の多くは、一件あたり二十分もかからずに読めるものでした。人間の生死を決める判決が、そんな短時間で下されたのです。記録によれば、銃殺刑を執行《しっこう》するのは同じ隊の兵士たち。刑を執行したあと、遺骸《いがい》を埋《う》めるのも彼らの仕事でした。そこで兵士らは、精一杯《せいいっぱい》の意思表示をしました。戦友を埋めた墓の前に整列して立ち、敬意をこめて日暮れまで見守ったということです。

記録の数々を読んだモーパーゴは、はじめ目を疑いました。やがて驚《おどろ》きが怒《いか》りに変わったとき、彼は決意しました。書かなくてはならないと。その後訪れたイギリス軍兵士の墓地で目に飛びこんできた墓石の文字〝ピースフル二等兵〟。これでヒーローが決まりました。こうして、兵士ピースフルが一人の人間として命を得、語りはじめたのです。

今度は物語の素材の話。

今から二十年以上も前、モーパーゴはデヴォン州の北西にある小さな村イディズリーをよく訪れ、村のパブ〈デューク・オブ・ヨーク〉に出かけるのが楽しみのひとつでした。パブの常連は、村のお年寄り。つまり、第一次世界大戦の元兵士たちでした。彼らが夜《よ》な夜な語る話は、モーパーゴの頭に深く刻まれました。農場の少年がいかにして大戦の渦《うず》に巻きこまれて海を渡《わた》り、フランダース平原の塹壕で泥水《どろみず》と戦い、シラミやネズミに悩《なや》まされ、砲弾をかいくぐって生きぬいてきたのか。『兵士ピースフル』の中にはこのとき聞いた実話を元にしたエピソードがたくさん出てきます。元兵士たちの体験や思いをモーパーゴが受け止め、熟成させ、時宜《じぎ》を得て物語として鮮《あざ》やかに甦《よみがえ》らせたのです。

モーパーゴは、好きな自分の作品四冊の中に『兵士ピースフル』をあげ、「これほど情熱的に、我を忘れるほどに没頭《ぼっとう》して書いた作品は、ほかにない」と言っています。

モーパーゴの気迫《きはく》に押《お》され、私《わたし》も少なからずこの仕事に没頭せざるをえませんでした。この作品を訳しているあいだ、何をしていても心はフランダースの戦場に飛んでいきます。犬の散歩に出ても、道端《みちばた》でそよぐ赤いけしを見つけて、チャーリーとトモの運命を思ってしばし佇《たたず》んでしまい、近所の人に「どうしたの？　ずいぶん深刻な顔してるわよ！」と驚《おどろ》かれたこともありました。訳し終わった今は、このあとトモがソンムの激戦にも生き残って故郷へ帰れたことを願うばかりです。『兵士ピースフル』はモーパーゴのちょうど百冊目の本だそうですが、私にとっても忘れられない作品となりました。

地名の日本語表記などについて、ベルギー観光局から助言をいただきました。感謝とともに報告させていただきます。

イーペルは〝猫《ねこ》祭り〟でも有名です。三年に一度開催《かいさい》されるこのお祭りでは、猫に仮装した人々が町を埋《う》め、世界各地から見物客が集まります。

作品中ウィルクス大尉が「イギリス国外で一番うまいビールが飲める」と評したポープリングは、実はビールの原料のひとつホップの産地として有名。ポープリングのホップを使ったビールといえば、世界でも屈指《くっし》のビールです。

ベルギーに興味を持たれた方は、こちらのサイトへ。
○ベルギー観光局（日本）http://www.belgium-travel.jp/

もっと知りたい方のために、以下のサイトをご紹介します。
○フランダース戦場博物館 http://www.inflandersfields.be
（実際に訪れたように、館内のようすや展示の一部を見ることができます。）
○連邦戦没者《れんぽうせんぼっしゃ》墓地委員会 http://www.cwgc.org/
（第一次・第二次世界大戦のイギリス連邦軍戦没者のデータベースがあります。）

あとがきを書くにあたって以下の図書、サイトを参考にしました。
○*Dear Mr Morpingo Inside the world of Michael Morpurgo* Geoff Fox著
○マイケル・モーパーゴ公式ＨＰ http://www.michaelmorpurgo.org/

二〇〇七年六月

佐藤見果夢《さとうみかむ》

著者：マイケル・モーパーゴ Michael Morpurgo
1943年、イギリスのハートフォード州生まれ。ロンドン大学キングズ・カレッジ卒業。小学校教師を経て作家となり、とりわけ児童文学作品を数多く発表。この分野で、現代イギリスを代表する作家としての地位を確立している。主な邦訳作品に、『ザンジバルの贈り物』（BL出版）、『星になったブルーノ』『やみに光る赤い目』『よみがえれ白いライオン』『ケンスケの王国』（いずれも評論社）などがある。

訳者：佐藤見果夢（さとう・みかむ）
1951年、神奈川県生まれ。明治大学文学部卒業。公立図書館に勤務ののち、絵本や児童文学の翻訳にたずさわる。主な訳書に、マイケル・モーパーゴの諸作品のほか、R・ダンカン『とざされた時間のかなた』、S・ジェンキンズ『どうぶつの ことば』『こんなしっぽで なにするの？』（ともに評論社）などがある。

兵士ピースフル
二〇〇七年八月一〇日　初版発行
●——著　者　マイケル・モーパーゴ
●——訳　者　佐藤見果夢
●——発行者　竹下晴信
●——発行所　株式会社評論社
〒162-0815　東京都新宿区筑土八幡町二-二一
電話　営業〇三-三二六〇-九四〇九
　　　編集〇三-三二六〇-九四〇三
振替　〇〇一八〇-一-七二二九四
●——印刷所　凸版印刷株式会社
●——製本所　凸版印刷株式会社
落丁・乱丁本は本社にておとりかえいたします。

ISBN978-4-566-02404-5　NDC930　230p.　188㎜×128㎜
http://www.hyoronsha.co.jp